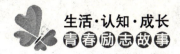

生活·认知·成长

青春励志故事

将神秘进行到底

▎创意卷▎

杨晓敏◎主编

地震出版社

图书在版编目（CIP）数据

将神秘进行到底：创意卷／杨晓敏主编. —北京：地震出版社，2012.6
（生活·认知·成长青春励志故事）
ISBN 978-7-5028-4056-3

Ⅰ.①将…　Ⅱ.①杨…　Ⅲ.①短篇小说 – 小说集 – 中国 – 当代
Ⅳ.①I247.7

中国版本图书馆 CIP 数据核字（2012）第 054963 号

地震版　XM2686

将神秘进行到底——创意卷

主　　编：杨晓敏
执行主编：马国兴　王彦艳
责任编辑：赵月华
责任校对：孔景宽　凌　樱

出版发行：地震出版社

北京民族学院南路9号　　　　邮编：100081
发行部：68423031　68467993　传真：88421706
门市部：68467991　　　　　　传真：68467991
总编室：68462709　68721982　传真：68455221
E-mail：seis@mailbox.rol.cn.net
http：//www.dzpress.com.cn

经销：全国各地新华书店
印刷：北京振兴源印务有限公司

版（印）次：2012 年 6 月第一版　2012 年 6 月第一次印刷
开本：710×1000　1/16
字数：207 千字
印张：15
书号：ISBN 978-7-5028-4056-3/I（4734）
定价：28.00 元

序

杨晓敏

  好书是具有生命力的。一本好书,我们拿在手上,揣在兜里,或者放在枕边,会感觉到它和我们的心一起跳动。在日常的学习生活中,我们每天都在用最经济的时间、精力和财力,收获着超值的知识、学问和智慧,于是我们自己,就在一天天地充实厚重起来。

  优秀的短篇小说,就是这样的好书。它是顺应现代人繁忙生活而发展成的一种篇幅短小的小说。跟一般小说一样重视场景、个人形象、人物心理、叙事节奏。优秀的作者可写出转折虽少却意境深远,或转折虽多却清新动人的作品。

  现在,许多优秀的作者舒展超感的心灵触觉,用生花的妙笔,把小小说从文学神坛上牵引下来,在我们广大读者面前,展现出一幅幅五颜六色的生活画卷,或曲折离奇,或险象环生,或嬉笑怒骂,或幽默诙谐。于是,阅读一本小小说,就成了繁忙生活的轻松点缀,紧张学习的有效调剂,抹平了你我微皱的眉头,漾起了会心一笑的嘴角。

  我们精心编选的这套"生活·认知·成长青春励志故事"小小说丛书,每一辑都包含了"悟性""创意""想象""品味""风尚""情愫"六卷,并围绕这六个主题,选取当代国内知名作家的精品力作,各自汇编成书，具有强劲的文学感染力。篇篇都耐人寻味，本本都精挑细选，既是青少年认识社会的窗口、丰富阅历的捷径，又堪称写作素材的宝典。作品遴选在注重情节奇巧跌宕，阅读效果峰回路转、柳暗花明的同时，注重价值取向，旨在引导青少年全面、客观地认识社会，开阔视野和胸怀，提高综合素质，进而确立正确的人生观、价值观。

在这套书里，我们推荐给青少年读者的是充满活力的大众文化形态的小小说佳品荟萃。所选择的作品，尽量体现质朴单纯，而质朴不是粗硬，单纯不是单薄；体现简洁明朗，而简洁不是简单，明朗不是直白。它们是理性思维与艺术趣味的有机融合，是人类智慧结晶的灵光闪烁，是春风化雨滋润心灵的真情倾诉，是鲜活知识枝头的摇曳多姿，是青少年读者嗅得着的缕缕墨香。

知识没有界线，可以人类共享，只要是具有优良质地的文化产品，都能互补、渗透、影响和给人以启迪。任何一粒精壮的知识种子，播撒在人们的心灵深处，都会开出艳丽的花朵，结成高尚的果实。

青年出版家尚振山先生以极大的热情，独到的眼光，精心策划了这一套"生活·认知·成长青春励志故事"丛书，我和同仁马国兴先生、王彦艳女士应邀参与编纂，当然也愿意大力推荐给广大青少年朋友们。

2012 年春

将神秘进行到底
contents 目录

雅　盗

○孙方友

　　陈州城西有个小赵庄，庄里有个姓赵名仲字雅艺的人，文武双全，清末年间中过秀才。后来家道中落，日子窘迫，为养家糊口，入了黑道，干起了偷窃的勾当。赵仲是文人，偷盗也与众不同，每每行窃，必化装一番。穿着整齐，一副风雅。半夜拨开别家房门，先绑了男人和女人，然后彬彬有礼地道一声："得罪！"依仗自己艺高胆不惧，竟点着蜡烛，欣赏墙上的书画，恭维主人家的艺术气氛和夫人的美丽端庄，接下来，摘下墙上的琵琶，弹上一曲《春江花月夜》，直听得被盗之人瞠目结舌了，才悠然起身，消失在夜色里。

　　赵仲说，这叫落道不落价，也叫雅癖。古人云："有穿窬之盗，有豪侠之盗，有斩关劈门贪得无厌冒死不顾之盗，从未有从容坐论、杯酒欢笑、如名士之盗者。"——赵某就是要当个例外！

　　这一日，赵仲又去行窃。被窃之家是陈州大户周家。赵仲蒙面入室，照例先绑了主人夫妇，然后点燃蜡烛，开始欣赏主人家的诗画。当他举烛走近一幅古画面前时，一下瞪大了眼睛。那是一幅吴伟的《灞桥风雪图》。远处是古木环绕的古刹，近景是松枝槎桠，灞桥风雪。桥上一客，一副落魄之态，骑驴蹒跚而过，形态凄凉。中景一曲折清泉，下连桥下清溪以助回环之势，上接峰峦叠嶂更增清幽之意……整个画面处处给人以失意悲凉之感！

赵仲看得呆了。他由画联想起自己的身世，仿佛身临其境，变成了那位骑驴过客，不由心境苍凉，心酸落泪。不料趁他哀伤之时，周家主人却偷偷让夫人用嘴啃开了绳索。周家主人夺门而出，唤来守夜的家丁。家丁一下把主人卧房围了个严实。

赵仲从艺术中惊醒，一见此状，急中生智抓过夫人，对周家主人说："我只是个文盗，只求钱财，并不想闹人命！你若想保住夫人，万不可妄动！"

周家主人迟疑片刻，命家丁们后退几步。

见形势略有缓和，赵仲松了一口气。他望了周家主人一眼，问："知道我今日为啥吃亏吗？"

"为了这幅画！"周家主人回答。

"你认得这幅画吗？"赵仲又问。周家主人见盗贼在这种时候竟问出了这种话，颇感好笑，缓了口气说："这是明朝大家吴伟的真迹《灞桥风雪图》！"

"说说它好在哪里？"赵仲望了望周家主人，挑衅般问。

周家主人只是个富豪，对名画只知其表而不知其里，自然说不出个道道儿，禁不住面红耳赤。

那时候赵仲就觉得有某种"技痒"使自己浑身发热，开始居高临下，口若悬河地炫耀道："吴伟为阳刚派，在他的勾斫斩折之中，看不出一般画家的清雅、幽淡和柔媚，而刚毅中透着凄凉的心境时时在山川峰峦、树木阴翳之中溢出。不信你看，那线条是有力的勾斫和斩折，毫无犹豫之感。树枝也是钉头鼠尾，顿挫分明，山骨嶙峋，笔笔外露……"说着，他像忘了自己的处境，抓夫人的手自然松了，下意识地走近那画，开始指指点点，感慨阵阵……

周家主人和诸位家丁听得呆了，个个木然，目光痴呆，为盗贼那临危不惧的执迷而叹服不已。

赵仲说着取下那画，对周家主人说："此画眼下已成稀世珍品，能顶你半个家产！你不该堂而皇之地挂它，应该珍藏，应该珍藏！"

周家主人恭敬地接过那画如接珍宝，爱抚地抱在胸前。

赵仲拍了拍周家主人的肩头，安排说："裱画最忌虫蚀，切记要放进樟木箱内！"说完，突然挽过周家主人的胳膊，笑道："让人给我拿着银钱，你送我一程如何？"

周家主人这才醒悟，但已被赵仲做了人质。万般无奈，他只得让一家丁拿起赵仲开初包好的银钱，"送"赵仲走出大门。

三人走进一个背巷，赵仲止住脚步，对周家主人笑道："多谢周兄相送，但有一言我不得不说，老兄你抱的这幅画是一幅赝品，是当初家父临摹的！那真品仍在我家！为保真品，我宁愿行窃落骂名也舍不得出手啊！"

那周家主人这才恍然大悟，一下把画轴摔得老远，愤愤地说："你这贼，真是欺人太甚！"

赵仲飞前一步，捡了那画，连银钱也不要了，双手抱拳，对着周家主人晃了几晃，然后便飞似的消失在夜色里……

从此，赵仲再不行窃，带着全家躲进偏僻的乡村，用平日盗得的银钱买了几亩好地，白日劳作，夜间读画——读那幅《灞桥风雪图》。

据说，赵仲常常读得泪流满面……

圆月桌

○聂鑫森

七十岁的和乐明，一到吃饭的时候，望着餐厅里的那张圆月桌，就愁得眉毛打结。

在古城一条长长的巷子里，和家是一个独立的小庭院。前庭是一块土坪，一左一右立着两棵老桂花树；后庭是一溜老式砖木结构房子：两间卧室，一间客厅，一间餐厅，一间厨房。土坪并不宽大，房间也很促狭，和乐明却觉得太空荡了：他和他的影子，总是印在一片厚重的寂寞之上。

两间卧室，一间是他和老伴的，可惜一年前老伴因心脏病撒手而去；另一间是两个儿子大和、二和的，十多年前，他们相继成家，如今都过了四十岁，一家一个孩子，在读高中和初中。

餐厅里那张圆月桌旁，吃饭的常规人数由四个——他、老伴、大和、二和变成三个，再变成两个，到眼下就只剩下他一个了。当然在节假日，圆月桌有时也会围得满满的，有儿有媳有孙，但毕竟这样的机会太少太少。儿子、儿媳工作忙，时常加班；孙子要参加正课之外的各种学习班，怎么分得开身？老伴在时，他感觉不明显，两人在圆月桌边相对而坐，一边吃饭一边说说话。可当老伴不在了，他一个人孤单地买菜、买米、做饭、炒菜，然后一个人坐在宽大的桌子边，自己都觉得自己可怜。

圆月桌上年岁了，漆色早已脱落，却结实依旧。是上辈子还是上几辈子传下来的？和乐明茫然无知，反正从他懂事起就在这张桌子边吃饭。

祖祖辈辈都是泥水匠；他也是泥水匠，一直干到六十岁退休。两个儿子却没有继承祖业——大和是一家机械厂的钳工，二和是一家油漆厂的配料工。

和乐明从小就喜欢这张圆月桌，因为在这条巷子里，还没有谁家有这种型号的物件。这是一种两个半圆桌合在一起的桌子，分开来各有一个半圆桌面和三条桌腿，合起来是一个整圆桌面和四条桌腿。奇巧啊，两个半圆桌相邻的四条桌腿一旦并拢，就变成了严丝合缝的两条桌腿，粗细和另外两条桌腿相同。合起来叫圆月桌，分开来叫月牙桌。

和乐明一个人吃饭，用得了这么大的桌子吗？看了就让他怅惘。拆开来就用一个月牙桌吧，又觉得费事，而且不吉利：圆圆满满，干吗要一分为二呢？

寂寞难耐。

好在隔壁院子的宗学，隔三差五会来坐一阵，和他聊聊天。

宗学在市博物馆当馆长，快六十岁了，瘦瘦高高，满脸是笑，说话慢言细语，一肚子的学问。

他们不仅是邻居，而且还有业务上的往来。和乐明退休前供职的建筑公司，签下承包博物馆房屋维修的合同。凡检修的活计，宗学总要求对方派和乐明领人来完成，因为"和师傅的技艺炉火纯青"。

一个月色清朗的夜晚，宗学敲开了和家的院门。

"和师傅，我闻到你院里的桂花香了。"

"宗先生，请进，请进。"

他们在客厅里坐下来，喝茶、抽烟、聊天。

"和师傅，过两天是中秋节了，孩子们都会来陪你过节吧。"

"都打电话来了，会来的。"

"你泥工手艺不错，烹饪也是内行，身体又好，做几个人的饭菜，轻轻松松。"

"这样的机会少啊——他们都忙。每当一个人坐在圆月桌边吃饭，就愁得不行。"

"那是的。什么？圆月桌？是可分可合的圆月桌？"

宗学的眼睛睁大了，惊异地望着和乐明。

"一个老物件，不堪入目。不是图个念想，我早扔了。"

"让我看看如何？"

"在隔壁餐厅里呢，请。"

餐厅里果然立着一张圆月桌。

宗学看了桌面看桌腿，又用手在各处敲击了几下，说："这是黄花梨木做的！"

他请和乐明帮忙，各抬一端，把两个半圆桌分开，再并拢去。

"和师傅，我告诉你，这是明代的东西，了不起的一件宝贝！"

和乐明大吃一惊，说："有好几百年了？"

"而且，稀罕，存世的不多。和师傅，我在博物馆干了几十年，这眼力你不会怀疑吧？"

"当然不怀疑。"

"我还要告诉你，它的价值在八十万元上下。"

和乐明的眼睛发直了，然后长长地"啊"了一声。

"这是个吉祥物，家有一'老'，不亚于一'宝'。圆月桌，'圆'者，和谐、快乐；'月'者，圆满、明亮。正应了你的姓名'和乐明'。这个院子，这件宝贝，你和儿孙们，要好好地守护。"

"我一天不闭眼，一天不会离开它。"

"好，好。不过，你一个老人守着这样一个院子，这样一件宝贝，怕有闪失啊。你把我对圆月桌的鉴定告诉贤侄们吧，他们会想出办法来的！放心，圆月桌是个秘密，我不会对外说的。你们也要嘴严！"

"一定，一定！"

"今晚来访，哈哈，我宗学收获不小。告辞!"

…………

中秋节过去了。

和家的长子大和，领着一家人住进了院子。

每天，和乐明高高兴兴地做饭、炒菜，脸上的笑堆得满满的。到了双休日，二和一家人也会到这里来，热闹得很。

三个月后，和家的小儿子二和一家人，又替换大和一家人住进来了。

和家庭院盈满了脚步声、说话声、笑声。

宗学每当吃饭的时候，望着桌子边的自家人，总会想到邻家那张围满了人的圆月桌，圆圆满满，快快乐乐，于是，欣然举筷而笑。

天……真准啊

○奚同发

第一幕：独角戏

当武警时，做梦也想不到自己有一天可能被 A 级通缉。复员后，起初只想本本分分当保安，没承想才干了几个月，有一天被老板当众侮辱，忍无可忍，只一拳，这个不经打的家伙就毙了命。从此我开始亡命天涯。

不知道吴一枪是谁，传说中枪法甚是了得。那阵子，与吴一枪较量枪法后，江湖上几位神枪相继退隐。他们找我来，是要破坏不跟警察对着干的规矩。他们说，实在没法子。

这次的活儿，与以前杀人抢劫比，要简单得多。虽然他们一再提醒，小心，这个"雷子"不是一般的"雷子"。我笑，在部队我的枪法准，同一年兵中无人敌。更何况，此番只是诱出吴一枪，然后按事先计划，开枪炸飞警车。对我，这根本就是小菜一碟嘛！

第二幕：好莱坞大片

通缉犯！

仅对视了一眼，就认出他。列为 A 级，杀人越货，手段残忍，带有手枪。受惊的案犯转身飞跑，我紧追的同时向指挥中心汇报，请求支援。

搭档在大厦门口没有堵截到，与我会合后便在楼前广场攒动的人头中寻找，突然发现通缉犯坐上同伙的摩托，似乎故意等待在路口。面对这种意在激怒我们的公然挑衅，队友道：吴一枪，此番来者不善！我只哼了一声。

开启警灯，鸣响警笛，火速逼近。此时，接到指令：绝不能放走案犯，若捉拿有困难，可以考虑现场击毙。

歹徒的摩托转向依山而建的老城区，在时上时下起伏不定的狭窄街道，跟我们兜圈子。

用车载喊话器喝令摩托靠边停车，他们并不理睬。通缉犯不时回望。他手里没有枪，难道是偶然出门与我们狭路相逢？不像啊！

正准备冲上去强行拦截，突然右侧山道驶下一辆货车横在前面，警车急刹，险些撞上。队友接连鸣笛，我严厉地喊话"靠边让道"。货车倒车时，另一条山路拐下的洒水车又把我们的视线与歹徒隔开。

鸣笛，喊话，洒水车压根儿充耳不闻，扩音器播放着《夫妻双双把家还》的曲子，慢悠悠自顾自地行驶，几乎占满并不宽阔的街道。有些异常！我与队友同时嗅到浓度很高的汽油味儿。洒水车不是洒水降尘，车厢后面那个碗口粗的笼头忘关了似的，一直往外涌流的竟然是哗哗的汽油，活像水车拖个大尾巴。

不好！警车刚要提速，在前一个山坡岔道，洒水车猛打方向加速逃离……那辆摩托顿时暴露无遗，停在前方20米开外处。通缉犯手握一把五四式手枪，枪口没有指向我们或警车，而是路面……

一个"跳"字都没说出口，对方枪已响，路面的汽油被击燃，一条火舌喷向警车。推开车门，飞跃而出，我在空中划了一个抛物线，同时果断搂动扳机……

第三幕：电视社会新闻

现场目击者向记者介绍：歹徒刚加了油门，摩托仅蹿出去几米，由于警察及时开枪，就猛地摔在坚硬的路面上，倒地的摩托双轮还在狂转……子弹擦过后座歹徒的左脸，打中他的同伙的后脑勺，从前额洞穿。溅了一脸血的后座歹徒大喊一声："天……真准啊！"便被甩飞，重重地撞到电线杆上。

警车被燃烧的汽油引爆。110、120、119 响成一片，像我们通常看到的电影画面一样，总是事发半天之后，这些车才威风八面地聚集而来。

有热心市民推测，歹徒之所以说的是"天……真准啊"，大概是"天哪"后面的那个"哪"来不及说出口，或是大脑已跟不上说话的速度了。

第四幕：小说

据队友说，审讯毫无进展。同伙身亡，通缉犯别的都说不清，只会说：天……真准啊！

伤愈归队，吴一枪惊讶非常，通缉犯竟然住在刑警队。因为案犯被鉴定为精神分裂症，看守所拒绝收押；报检察院批捕，得到书面回复，让先办刑拘，再提请审查。无奈，只好把犯人暂留队里，变刑拘为监视居住，怕他脱逃、自残或伤及他人，或是袭警，每天至少两名警察轮流看管。

这时，通缉犯在床上一个翻身，见了他，嘻嘻一笑，继而神秘地说：天……真准啊！

吴一枪愣了一下，才发现对方的目光早越过他的肩头落在窗外。

我家两个小明星

○邓友梅

从去年起，我家添了两名新成员。虽然户口本只有我和老伴两人，但来客却要与四张嘴对话——站在我身后沙发背上还有两只虎皮鹦鹉，一边向客人鞠躬点头，一边叽叽咕咕叫表示问候，引得全屋人哈哈大笑。此事传开，俩小家伙成了我家的明星。记者来给它们照的相比给我照的多，朋友来听它们嘀咕，说比听我说话有趣，虽然谁也没听懂它们说的是什么。

此事起于我六岁的外孙女思思。去年她随妈妈来北京度假，在街头看见一只鸟笼里装着两只小鸟，爱得不得了，她妈就给买了回来。来时刚出生不久，身体虚弱，不久死了一只。剩下这一只，思思倾心关爱，给它起名叫凯瑞，又换了个大笼子，摆在客厅阳台上，关上纱窗，开着笼门，任它自由活动。笼门尽管开着，可它待在笼里不肯出来。思思就用手沾点小米，伸到笼子里往外引它，很快它就会站到笼子门口等吃的了。

有一天思思站得远了点儿，它伸嘴够不着，一着急连飞带跳奔上了她头顶。从此就学会飞，思思的头顶也就成了它固定的落脚点。只要思思在客厅，它就站到她头上东张西望，随她四下走动。思思怕它摔下来，只好挺直脖子走路。

假度完，她母女回美国。鸟儿不准上飞机，思思只好把它留下，委托我们夫妻替她喂养。我们把装小米的食罐放进笼里，让它自己吃。可站在人头上游玩已成了凯瑞的习惯，食是自己吃了，见面还是朝我们头上飞；

有时不上头，就站在肩膀上冲着你耳朵叽叽啾啾说话，声音很低很柔。虽然我听不懂意思，但能感到是在跟我说悄悄话。我学着它叽叽喳喳回两声，它会满意地轻声唱两句表示高兴；若我不理它，它的叫声就变得又尖又急，表达不满。再不理，它就要用小嘴叼我的耳朵了。叼着耳垂轻轻往下拉，拉两下再叫两声。我要回书房，就"叽叽呀呀"回应它两声，走到笼子前挥挥手，把它赶回笼子顶上。我刚回身，它飞上了我头顶，随我走出客厅进了书房，站在我书架上东张西望。我要写稿，就挥手赶它走。它飞了两圈，东闯西撞，就是找不到回去的路。我只好把它招到头上，顶回客厅，让它自己回笼子。从此我就把客厅通内室的门关着，免得它再乱飞乱撞。这客厅就成了它的领域。

小凯瑞虽给我们添了不少麻烦，可也增加了很多乐趣。我家就两口人，平时各忙各的事，生活很单调。自从来了这个小家伙，气氛完全变了。它很有灵性，爱与人交流，本事也越来越多。只要我们一进客厅，就站到头上跟着走动。电话铃声一响，它就抢先飞到话机旁，然后跳到我拿话筒的手臂上来，歪着头听对话。饭厅和客厅中间无隔断，一见我坐近饭桌，它马上站到桌上碗碟旁边，我吃面包，它伸嘴啄上边的芝麻。我吸牛奶，它也把小嘴伸到吸管头上乱啄。我若挤一下奶盒，让它舔到一点儿，它就高兴得连连点头欢叫。它喜欢热闹，所以一有客人来就高兴地说个没完。但我们若忙得没时间和它一块活动，或出去一两天家中无人，就见它孤独地站在笼子里，不动也不叫，一副悲伤的样子。

我们感到无人时它太寂寞了，应该给它找个伴。我到卖鸟的地方为它找对象，人家问我找公的母的，我竟说不出凯瑞是公是母。卖鸟人教给我一个辨认的方法：鼻子上边有个绿色小疙瘩是公的，没有突起物就是母的。我回家跟老伴仔细查看，发现凯瑞鼻子上有一小块绿色鼓包，就到卖鸟摊上说要个母的。摊主指着几只没有绿包的小虎皮叫我们挑。我们抓了一只比凯瑞刚来时稍大的，起名叫小小，放进网兜提回家，也放进凯瑞的大笼里。小小一路上喳喳叫，进了笼子仍然叫。凯瑞却一声不吭地歪着头看它，看了会儿就躲到笼子一角，把它站着的横竿中段让给新来的小朋友。小小却毫不谦虚地站到竿中央，左右看看，便跳到食罐前拼命吃了起来。

从这天起，两只小鸟的不同性格逐步显现出来。凯瑞谦虚，处处让着小小；而小小无事不抢先。我拿着食物走近凯瑞，小小必从一边抢过来，凯瑞就让给它吃。我拿水碗来，凯瑞刚站到碗边上还没喝，它又抢着站上去，凯瑞就退开让它先喝。凯瑞站到我头上来玩，它也往我头上飞；凯瑞把我的头让给它，它却又追着凯瑞飞去。它小却能吃，罐里的小米它会吃三分之二。没几天它的小肚子就胖得成了毛球，个头超过了凯瑞，处处挤对凯瑞。于是就不断吵架，还嘴对嘴互相叼。老伴替凯瑞不平，喂凯瑞时总要把它轰开。我说："不用着急，它们都还小，等长大到青春期，不用咱操心，它们自然会亲密起来。"

我们抱着这样的期望等啊等，等了不知多久，有一天我老伴忽然大叫道："天哪，你快来看！"我跑过去一看，立刻傻眼了！小小头上也出了一个绿色鼓包——合着我们给凯瑞找了个调皮弟弟！

从此我们家天天吵声不断，再也没有安静的日子了。

侥幸

○谢志强

我们几乎绝望的时候，终于发现遥远的地平线隐隐约约移动着一个豆粒般的物体。它像是在起伏的波浪上跳跃的一叶扁舟，或者说，这个豆粒正在膨胀。那浸泡豆粒的水，他俩在奄奄一息地喊着：水、水、水。断水三天了。一头骆驼已经倒毙。另外两头骆驼，任凭怎么驱赶，都一步不挪，卧在沙丘的背阴处。

豆粒在膨胀、膨胀，渐渐显出一个骑着骆驼的汉子，穿着肥大的羊皮大衣，腰间别着刀剑，一脸浓密的络腮胡子，面庞晒得赤黑。他夹夹腿，骆驼奔跑开了，扬起一路沙尘。没等我们张口，骆驼旋风一样卷来，他轻易地拎起我们同行的二人，一掼，拔出腰间的刀，阳光只一闪，我看见了鲜红。

我知道遭遇了沙漠劫匪。我念叨着阿弥陀佛。他在我的同伴身上搜出可怜的银两。我阖了眼。旋风刮到我的耳边。他朗笑。我睁开眼。高悬着的刀闪着银光，鲜血还没凝固。我说我去敦煌朝拜菩萨。他说我就不信这个。

我曾是一个刀客，只是我厌倦了。不过，看着他居高临下的傲慢，我那已经寂灭的冲动又涌了上来，我像闪电一样耸身拽下了他。他没防着，已经成了刀下的鬼。是他的刀，还沾着我的两个同伴的鲜血。

我登上盗匪的骆驼，实在不知道该往哪个方向走。赌注只能下在骆驼身上，它能带我去有水的地方，或者找个有人家的处所。我一牵缰绳，夹夹腿，骆驼一股风似的奔跑起来。我坐在骆驼上打了个盹，醒过来，眼前出现了几道土坯墙，中间长着几株半死不活的胡杨树。

我总算获救了。可是，门里闻声冒出一帮人，我一瞧，傻了眼，跟刀客一样的装束。我猜定骆驼不久前打这里出发。这是沙漠劫匪的营地。我失望了。他们一拥而上，拉下了我。立即给我来了个五花大绑。我听见他们说这是头领的骆驼。

他们推搡着我，进了屋子，顿时阴凉了许多。反正听天由命了。一个小头目的角色，坐在炕头，说你是谁？我冷静下来，现在怎么对付这帮乌合之众？得慢慢来。我说来碗水，小头目使了个眼色。来了一葫芦瓢水。我一饮而尽。

小头目说现在你说，你怎么骑我们的头领的骆驼，我们的头领呢？我说再来碗水，我得长出点儿力气来说话。又饮了一瓢。我暗自盘算起来。一把把刀逼过来。我说我这条命了结了不算个啥，你们要不要头领了？

小头目摆摆手。我周围又空开了。我说我带来你们头领的口信，他要我来取一万两赎金。小头目站起，说怎的，我们头领在你们的手里，我们头领有万夫不当之勇，不可能落在你们手里。我说我佩服他，是条汉子，可是不过我们百把十人的商队，他杀死了我们几十个兄弟，最后还是被降伏了。他起了誓，情愿用一万两黄金赎回自己。小头目说那你怎么骑我们头领的骆驼？

我说你们头领怕你们不相信，他说看见他的坐骑就是看见了他。我不愿承担这个苦差使，可是，这是死难兄弟的一笔血债，我回不去，你们的头领的脑袋就保不住了。小头目说头领还捎了什么话。我说，起先，我担心找不着你们，你们的头领咋说，他说：我的神驼认路，一准驮你去营地！这不，它驮着我来了。

小头目一直盯着我的脸，我想，沉住气，别露了馅。他说我们的头领可不是个傻瓜，凭骑术、凭武艺，谁是他的对手……只是，你乖乖地候着。他们一呼隆拥出门去。我吆喝：我们那边两天不见我回去，你们可要吃后悔药啦，两天的期限！

这样，我携着一万两黄金离开了匪巢。沿途，甩掉了跟随我的两个劫匪——他们本该受到惩罚，可是，我得感谢他们失了眼。我想，这辈子再也不能走这条洗劫之路了。神驼带我走过一个个绿洲，我老觉得它是绕着圈子走回匪巢。走出沙漠，我放弃了它，来到了敦煌。

围　狼

○申　平

立冬以后，接连下了几场雪，又刮了一场白毛风，气温降到了零下30多摄氏度。天放晴的时候，围狼的时刻就到了。

在克什克腾旗草原上，每年这个时候，牧人们都要围狼。方圆百里以内的牧人会提前约好，在同一时间里骑马从四面八方向中间地带推进。他们身背钢枪，高举套马杆，边跑边大呼小叫，驱赶那些藏在地洞里或树丛间的野狼拼命逃窜。每年围狼，都要有数百条狼毙命。

1978 年，我作为草原上的最后一批知青，参加了据说是最后一次的围狼行动。

我们嘎查（村）那次带队围狼的是民兵连长跟小，一个漂亮的蒙古族姑娘。可惜她的性格有点像男子汉，喜欢穿军装、戴军帽，说话办事虎虎生威，人送外号"铁姑娘"。我呢，因为刚来时曾在她家的蒙古包里住过几天，所以跟小和我的关系颇为亲近。

一大早，我们几十号人马就在跟小的指挥下呜嗷喊叫着出发了。我们在白雪覆盖的草原上呈扇形散开，快速前进。跟小今天又在大皮袄里面套了一身绿军装，头上戴一顶棉军帽。她不时大声喊叫，谁的声音也不如她的响亮。我看着她的身影第一千次地想：这个跟小，要是再有点儿女人味该有多好啊！

大概奔跑了两三个钟头，远远听见了人喊马嘶的声音，于是大家更兴奋了，加快速度向几座山间的一片平地冲锋，因为那里就是包围圈的收网点。转眼之间，四面八方一下子冒出队队人马，旋风一样冲了过来。与此同时我也清楚地看见，就在人马形成的包围圈内，果然有一些灰白的影子在东奔西逃。近了，近了，真的是狼。这些平时在草原上称王称霸的家伙，此时在强大的人类面前，一个个缩脖夹尾，绝望哀嚎。它们渐渐缩在一起，瑟瑟地等着死神的降临。

所有的人马都停止了喊叫，一根根套马杆举了起来，一起向那群邪恶的生灵逼近。我忽然发现，今年围住的狼实在少得可怜，不过二三十只。这时我也听见跟小嚷了一声：怎么这么少啊？不够塞牙缝的！

谁都没有注意到意外是怎样发生的。就在群狼引颈待毙的时候，忽然有一条狼狂叫一声，平地跃起两丈多高，直奔我的马头而来。我座下的小青马一惊，往旁边一躲，险些将我甩下马来。就在我手忙脚乱之际，那狼已经从我身边的空隙里"嗖"地蹿了过去，向前飞逃。

还是跟小反应最快，大喊了一声什么，拨转马头就追。我也立刻催动小青马，随后追了上去。人和狼，准确地说是狼和马开始在雪地上赛跑。跑啊跑啊，不知道跑出了多远，后面已经看不到围狼的队伍了。跟小骑的五花马终于把狼给追上了。我看见跟小在马上立起身子，一甩套马杆，那狼就被套住，开始在雪地上翻滚。这时我也赶到了，从背上摘下枪，"咔嚓"一声子弹上膛，准备一下结束那家伙的性命。

忽然，跟小喊了一声：慢着！

我一看，那狼已经伏在地上不动了，它的两条前腿居然跪着，两只眼睛里泪水涟涟。这种情况我可是从未遇到过，举着枪一时不知如何是好。

跟小的套马杆仍在狼的身上套着，她看着狼，嘴里却对我说：这是一条母狼啊，它怀孕了。怎么办，可不可以饶它一命？

我弄不懂她的本意，就说：你不是说过，对待野狼要像对待阶级敌人一样吗？

跟小说：情况不同嘛，你看它多可怜！

我说：想放你就放，我保证不会说出去！

跟小扭头看了我一眼，就把套马杆抖了几抖，说了一声：饶你去吧，从此你不要害人！那狼获得解脱，也好像听懂了跟小的话，跳起来飞快地逃走了，跑出好远还回了一下头。跟小久久地看着它的身影，眼睛里竟有亮晶晶的东西在闪动。

在这一瞬间，我一下子发现了跟小身上的女人味。我终于知道，在她的军装后面，跳动的仍然是一颗柔软的女人心。若干年后，当我们带着孩子重回草原的时候，听说克什克腾旗草原上的狼迹一直未绝，跟小就兴奋地说：那一定是我们当年放走的母狼留下的根。

独臂先生

○杨小凡

药都自然出名医，何况又是华佗的后代。华济生一出诊便闻名百里。

到了四十岁上，更是妙手回春。不敢说药到病除，但只要不是死症就没有他治不了的。当时病人及家人们有这样一说：华先生说没治了，死时都是笑着的。这意思很明显，华先生是不会错诊的。他治不了的病，就是命该如此了。

华济生从此也更加自信，整个儿圣祖华佗再生。

这一天，华先生刚开大门，便见一辆载一瞎眼老妇人的独轮车停在门前。推车的汉子见华先生出门，跪倒便拜："请华先生救救俺娘。"

华济生先观了一下老妇人铁青的脸色，看了舌苔，把脉片刻后，停了少顷，起身向门外走去。

汉子一步跟上："我娘的病咋了？""别说了，快回去弄点老人喜欢吃的，别亏了她的嘴，这就算你尽孝了。"说着掏出一把钱递过来。

"天底下没有治不好的病，我不信俺娘不行了。"汉子接过来的铜钱又撒了一地。

"孩啊，推我回吧，华先生说了，我就认了。"瞎老妇人呻吟着。

"什么神医！"汉子仍然不服气地嚷道。

"这是断肠疗，眼下大肠都烂了，神仙也是治不好的。"华济生劝慰说。

"要是有人能治好，我砸你的招牌。"汉子怒目发誓。

"别说砸招牌了，你娘能捱过一个月，我砍给你一只胳膊。"说罢，华济生拂袖而去。

七七四十九天后，汉子扶着老母直奔华济生的"济世堂"大门："华先生，还不把这济世堂的招牌砸了！"

华济生抬头审视红光满面的老妇人片刻，一句话没说，拎起一把风快的药铲，把左胳膊压在坐凳上，一闭眼举铲而下。

"华先生，你不能啊！"一声大叫，药铲被汉子夺下。

"男人一口唾沫一个钉，还能让大风卷了舌头。留一条胳膊就够我用的了，砍掉一只我就能记一辈子。"华济生痛苦地坐在凳子上。

"华先生，你断我没治了，我还真等着死呢。可自打我吃了爬进碗中的一个活物，病竟慢慢地好了。"瞎老妇人迷惑地说，"我正想找你问个究竟呢。"

华济生起身，来回走了足足十趟，忽然拉住老妇人的手："我差点害了你老人家，生吃醋泡蜇过蜉蝣的公蝎是能治这病的。"

送走汉子和老妇人，华济生便摘了"济世堂"金匾。从此，无论干啥就只用右手，左手总是背到身后。

据说，后人给华济生塑像的时候，明明两只手都塑在前面，可第二天左手硬是又背到了后边。

从此，药都中医只用右手把脉便沿袭下来。

知道又怎样

○李永康

陶陶比彬彬早一个小时出生，彬彬就喊陶陶哥哥，陶陶喊彬彬弟弟。彬彬感到很委屈，论个头儿，彬彬比陶陶高，胳膊也比陶陶粗。有一次，陶陶为了找回哥哥的威望，要彬彬和他从一个高坎上往下跳。彬彬要陶陶先跳，陶陶要一起跳。彬彬一跃而下，摔了个嘴啃泥，鼻血流了一脸。陶陶吓得脚打闪闪，蹲在地下哎呀哎呀喊肚子痛。彬彬爬起来擦了脸上的泥，说："陶陶哥，你输了！"陶陶"哼"了一声抹着眼泪跑回家去告状。陶陶奶奶对彬彬奶奶说，叫彬彬让着陶陶一点儿。彬彬说："不让不让就不让！"彬彬奶奶重重打了彬彬屁股一巴掌，彬彬没有哭。彬彬奶奶掏出几个糖给陶陶，说："陶陶乖，陶陶吃糖。"彬彬哇的一声哭了起来。陶陶拿一个糖给彬彬，彬彬一巴掌打到地上，哭得更凶了。

童年的不愉快就像川西平原夏天早晨的雾，来得多散得快。

眨眼间，陶陶和彬彬就一同上完了小学和初中。中考的时候，陶陶发挥出色，考上了县重点中学，彬彬成绩一般，进了职高。陶陶奶奶说话声音分贝高了许多。彬彬奶奶讲话明显底气不足。

彬彬奶奶说："陶陶真有出息。"

陶陶奶奶点点头自夸道："陶陶是块读书的料！"

果然，陶陶高考上线被师范大学录取。彬彬读完职高后到一家建筑工地打零工。

陶陶毕业后去了一家重点中学当老师教数学。彬彬才开始干技术活儿——扎钢筋。

陶陶耍了个女朋友。结婚时请彬彬，彬彬张大嘴说不出话来——这女的原来是跟他有过海誓山盟的初中同学。高中还有往来，考上大学后就和他拜拜了。

彬彬奶奶四处托人给彬彬介绍对象。

彬彬说："我不结婚。"

彬彬奶奶说："我要等着抱上重孙子才闭得上眼啊！"

彬彬回答道："我结婚拿啥子来供养人家嘛！"

彬彬奶奶不说话了。

彬彬现在就在陶陶工作的城市修建房子。

星期日上午，陶陶和爱人牵着孩子逛马路。彬彬无意中从高架上往下看，陶陶也在往上瞧，手也往上指。彬彬以为陶陶发现了他，心一慌，脚往里一移，踩空了，从高架上摔了下来。其实，陶陶并没有看见他。彬彬从六楼掉到四楼架子上，然后穿过窗洞被抛到楼梯间滚到二楼的时候，陶陶一家三口还是悠悠闲闲地在马路上走着。

陶陶是从当天晚上电视里的城市新闻中知道彬彬的死讯的。陶陶叹了一口气，说："多好的同学啊，说没了就没了！"陶陶当然不知道彬彬的死因和他有关——知道了又能怎样呢？

嗨啵溜啾

○秦　俑

肖　恩

暑假结束，我得回爸爸家上学了。

临走前，妈妈送给我两条鱼。是最常见的那种黑色金鱼。黑黑的脑袋，黑黑的尾巴，连肚皮都是黑黑的。

妈妈说，你要记得每天给它们喂食。

妈妈说，你要记得隔天给它们换水。

我点点头，目光落在那个透明的泛着蓝光的玻璃鱼缸上。

于是，我的生命里多了两条鱼：一条叫嗨啵，一条叫溜啾。是妈妈取的名字。怕我忘记，便写在纸上，字迹圆润而清秀。

我开始期待第二年的夏天。

夏天的时候，妈妈会陪着我。

妈　妈

一放暑假，我就将肖恩接到我的城市。

我带他去少年宫，去海洋馆，去电影院，去游乐园。

我给他做鸭子煲，做咖喱虾，做鱼片粥，做荷叶饭。

我说，肖恩，你想去哪，妈妈带你去。

我说，肖恩，你想吃啥，妈妈给你做。

他摇摇头，眼神茫然，似乎藏着沉甸甸的心事。

那天散步，我们路过一家卖金鱼的小摊。

肖恩蹲在一边看。很少见他对一样东西这么认真。

我说，妈妈送你两条金鱼，只属于你的金鱼。

他用心挑了两条。是最常见的黑色的那种。

给鱼们取一个什么样的名字呢？一定要洋气点的名字。我一边自言自语，一边在纸上写下：嗨啵 and 溜啾。

我希望我的肖恩能笑一笑，他却只是点点头。

肖　恩

几天前溜啾死了。我按时喂食、换水，溜啾还是死了。

我将它埋在窗外的丁香树下。

也许，明年春天，丁香花就能开出金鱼的味道来吧。

今后不会再有鱼和嗨啵抢食了，嗨啵却很忧伤。

它忧伤地从鱼缸这边游到那边，又从那边游到这边。

它有时会停下来，看看我，又游走了。它认不出我是谁。

听人说，金鱼的记忆只有七秒。

嗨啵游来游去，游来游去，就忘了它曾经有个朋友叫溜啾。

我今年十四岁。我记得我所有的快乐和不快乐。

溜啾死了，我也很忧伤。

每天起床后、睡觉前，我都会去看嗨啵。

一天早晨，我看到嗨啵死了。它仰着肚皮漂在鱼缸里，就像睡着了。

它的梦里，会不会有溜啾？

那天，我哭着给妈妈打电话。我说，溜啾死了，嗨啵也死了。

妈妈什么话都没说。妈妈也哭了。

我会一直记得这样两条鱼：一条叫嗨啵，一条叫溜啾。

它们曾经游过我的生命，陪我度过三个月零四天。

从夏天到秋天。

妈 妈

我算不上一个称职的好妈妈。

六年前，我离开肖恩，来到这座陌生的城市。

我有了新的家庭，新的孩子。我不再是肖恩专属的妈妈。

每到夏天，我都会接肖恩过来，陪他度过暑假。

这年深秋的一天，我接到一个期待了六年的电话。

肖恩在电话里跟我说，嗨啵死了，溜啾也死了。

我哽咽着，什么话也说不出来。

如果没有记错，自从我的肖恩六年前患上自闭症，这是他第一次主动与人说话。

拯救小 C

○韦如辉

老安火烧火燎地闯进我的电脑室，拽着我的胳膊就往外走，嘴里说，快！跟我一块儿去拯救一个人。

我说，什么？老安，我一个手无缚鸡之力的白面书生，能拯救人？老安说，只有你，才能拯救他。

我使劲往后退了一步，老安的身子往我怀里倾斜。但是老安的手像一只铁钳，牢牢卡住了我的肉，我感到撕心裂肺的痛。

我说，老安，别胡闹！你不说清原因，我死也不跟你走！我说话的语气，明显把极为愤怒的成分掺了进去。老安一副焦急的神态，额上已经渗出了汗。老安说，好，咱们边走边说，行吗？老安用"行吗"两个字俘虏了我，我才坚硬起来的心肠又软了下来。

我和老安坐在出租车里，老安边和我说话边督促的哥加大油门。车子飞也似的闯过街衢。老安说，去拯救小 C，我一个朋友。

我说，小 C，我怎么不认识？

老安说，当然，我的老朋友你都认识——我的朋友也是你的朋友嘛。不过，小 C 你不认识。小 C 是我的新朋友。

老安是个喜欢交朋友的汉子。老安的朋友一拨儿一拨儿的，除了巩固老朋友，还结识新朋友。对老安的这一点，我是知根知底的。老安结识过的朋友，一般都会一个不漏地介绍给我做朋友，自然我和老安的朋友也成了朋友。在当今社会上，没有朋友是不行的，多个朋友多条路嘛。小 C，还没成为我的朋友，看来的确是老安的新朋友。

老安说，小 C，好人啊，好朋友啊！不过呢，就是太痴情了。

我"哦"了一声，算是给老安的表述画一个问号，心说，痴情的人能不好吗？痴情的人能发展成为知心朋友。俗话说，天下朋友千千万，知心朋友有几人？

老安似乎明白了我送给他的问号，接着说，小 C 就是被痴情所伤的。

我说，老安，别跟老朋友卖关子了，有话直说吧。

老安咽了一口唾沫，似乎下了很大决心，说，这样跟你说吧，小 C 的女朋友跟别人跑了，小 C 要殉情，现在汽贸大厦的顶楼上呢。

我倒吸了一口凉气：乖乖，汽贸大厦二十四层，从顶楼上跳下来，还能找着肉末子？老安说，对了，所以我来找你去拯救他。朋友，也只有你能够拯救他了。老安说着说着，声音哽咽了，眼泪也在眼眶里打转转。

我说，老安，你别难过，啊！只要我能够拯救他，就是赴汤蹈火，也在所不惜。朋友，危难之处才能见真情嘛！

汽贸大厦楼下，人山人海。各种车辆一齐熄了火，各色人等像突然塑了像。顶楼上站着一个人，风把那人的衣衫拂动得剧烈摇摆。警察站在警灯忽闪的警车上，用话筒不停地喊着话。老安冲那个喊话的警察高喊，我们来了！一队警察马上为我们开辟了一条通道。在老安的带领下，我和老安上了汽贸大厦的顶楼。在我们的后面又跟来一队警察，像我和老安长出的长长的尾巴。

在慢慢靠近小 C 的时候，小 C 发现了我们。小 C 突然转过身，用手里的刀命令着我们：别过来！都别过来！再过来我就跳下去！小 C 的喊叫歇斯底里，小 C 手中的刀子寒气逼人。

我们停住了脚步，老安却突然用胳膊箍住了我的脖子。老安说，小 C，就是这小子，是他拐走了你的女朋友！

我想说，老安，你胡扯什么？可是我呼吸困难，老安的胳膊也像一个大铁钳子，卡得我喘不过气来。小 C 愤怒至极，像一个出笼的困兽，猛地向我扑来。我立即感觉到大腿根处疼痛难忍，一股鲜血顺着小 C 的手臂流到了楼板上。

我出院的那天，老安和小 C 来接我。我不想见他们，尤其恨死老安了。该死的老安，不该用老朋友的生命去换新朋友的生命。小 C 上前紧紧攥住了我的手，一会儿便泪水滂沱。他说，从今以后，你就是我小 C 的生死朋友！只是我大腿根处已经痊愈的刀口，还在隐隐作痛。

策　划

○刘建超

　　智慧策划中心的牌子在老街一经挂出，就遭到了老街人的嘲笑。开店的老板姓胡，门面不大，一张桌子，七八张椅子，三柜子的书籍，一台电脑。墙上有策划服务项目，小到起名取字，大到升官发财，价格都是面议。大家都笑称他胡策划。啥是策划？就是出歪主意呗。

　　有人好热闹，就去店里看看。胡策划很是热情，端茶递烟。开绸缎铺的王吉品着茶问，你这生意，能中？胡策划很是自信，我这生意也不敢天天有，半月不开张，开张吃半月。王吉说，那你这是逮点啊，咱老街可不能做坑人的买卖。胡策划笑了，说，策划这活可是个要智慧的活。简单说吧，比如你王老板的儿子要结婚，我就可以策划出一场不同寻常独一无二的婚礼——空中婚礼、水下婚礼等等。王吉摆摆手，得得得，我儿子已经结婚了，孩子都快有了。对了，如果给我添个孙子，你给策划个名字看看。胡策划捏着指头算算，又在电脑上敲打了一通，说，你的孙子名字最好叫王子。噗——王吉把嘴巴里的茶水给喷了出来，就这？这就是你策划的啊？哈哈哈……王吉走在街上还止不住地笑，见到杜老板说，他那策划我都会了，杜老板，你要是有了孙子，就叫"肚子"，呵呵。姓罗的还真不敢给策划了。

　　胡策划的第一笔生意却是王吉的儿子王毛毛找上门的。王毛毛在区里办了个广告公司，在繁华的新市区制作了20多个灯箱广告牌，可是一个多月了一块也没有租出去。借了区里的钱，人家跟在屁股后面要债，王毛毛急得头上的毛毛都变稀了。胡策划跟着王毛毛实地看了看灯箱广告位置，说没有问题，一个月之内就可以全部租出去。胡策划先在甲银行门口的广告牌上张贴乙银行的业务宣传广告，甲银行发现后立即找到胡策划，出了高价钱买下了广告位置。胡策划又在乙银行的门前如法炮制。局面很快就打开了。只有一家饭店前的广告无人问及，胡策划也不急，对王毛毛说，你就做个公益广告，为大家导厕。于是广告牌子就画了大手：不要随地大小便，厕所在此。箭头指向前方。游客看不明白就纷纷跑到饭店询问，搞得饭店老总心里冒火，就把广告牌租下来换成了招牌菜。

王毛毛对胡策划佩服得五体投地，在狮子楼请胡策划吃水席。王毛毛从此经常到胡策划那里讨教，但咨询费却一直拖着。这天他刚出胡策划的店门，牛虻就进了胡策划的店。牛虻和王毛毛的目的一样，都是为了竞争副区长的位置来找胡策划出主意的。胡策划说，我刚刚为王毛毛策划了几个方案，你牛虻的方案就是按兵不动，看王毛毛的动静，坐享其成。牛虻将信将疑，说，中，如果能成，我一定再重谢。

王毛毛按照策划方案，在上司组成的考察班子来考察时，吃了泻药；拖着虚弱的身体坚持工作。中午连饭也顾不上吃，差点晕倒在厕所里。下午，王毛毛的老婆抱着孩子找到单位，哭哭啼啼说孩子不舒服，王毛毛也顾不上照应；科里的几个女人也同情加感动地陪着落泪，情感渲染得恰到好处。

考察组最后上报的人选不是王毛毛，而是牛虻。原因是王毛毛身体健康情况欠佳，而且家庭不和。这样的人不适合担任区领导。

牛虻请胡策划到狮子楼吃水席，胡策划接过红包，淡淡地说，我是个生意人。说这话时，胡策划脸上没有一点表情。

级　别

○ 曲文学

　　王一忧愿意跟人比级别。平时待人接物，他最想掌握的信息，就是对方是什么级别。知道对方级别，才好调整自己的视角。

　　王一忧被"双规"那天，还在主持召开一个干部纪律作风整顿的大会。散会后，刚走出机关大门，过来三个人，亮明证件，他就上了人家的车。

　　在本市一家宾馆的房间里，工作组的老杜跟王一忧谈话。王一忧端详老杜一会儿，突然问老杜，你什么级别？把老杜问得一愣，顺口说，处级。王一忧鄙夷地一笑，说，你级别不够，没资格跟我谈话。

　　老杜正色道，我级别是没你大，但是现在，你是受审对象，必须接受上级纪检部门的审查。我们掌握你大量证据，你要主动坦白问题，争取宽大处理……

　　这个城市里，没有比王一忧再大的官。他手下的处级干部云集，谁敢不看他的眼色行事？可眼下，一个平时被他玩弄于股掌之中的处级干部竟把他控制起来，让他一下子失去了自由。

　　王一忧意识到问题的严重性，汗水顺着额头流下来。

　　经过一晚上的政策攻心，在大量的证据面前，王一忧不得不放下架子，低头认罪。

　　王一忧先是被罢免人大代表资格，然后被移送司法机关，批捕了。一个腐败官员，就这样落马；从此，也就没了级别。

王一忱被异地关押。一进看守所，管教对其搜身，从头到脚，搜得仔细。然后"啪"的一下，抽去他的裤带，他只能用双手提着裤子。这还不算完，管教又伸手摘下他的眼镜。王一忱说，你们怎么可以这么对待我。管教脸一黑，不这么对待你还能怎么对待你？到这里，我们一视同仁。

王一忱像个任人摆布的木偶，再不敢多言半句。他看了看管教肩章上的星花，还没判断出管教是什么级别，就被投到监舍里。

监舍里，王一忱一言不发——没人跟他有共同语言。没了眼镜，视力模糊起来，干脆闭眼，对旁人不理不顾。这里，有抢劫犯、盗窃犯、杀人犯……竟然还有一个强奸犯。他简直不能容忍。在位时，他曾经无数次号召公安机关发起严打攻势，为的是净化社会空气，改善招商引资环境……可现在，这些曾经被他打击处理的对象，跟他平起平坐，享受同等"待遇"了。

他想到死，可又求死不成，他明白了管教搜身的良苦用心。

这天夜里，王一忱做了一个梦，梦见自己在老家的土房前爬梯子，一步一个台阶往上爬。眼看到了房顶，梯子轰然倒下，他被重重摔到地上，半天没爬起来……他狂呼乱叫，拍桌子，结果拍空了。他暴跳如雷……管教冲进来，喊了声"立正"，他没醒过神；管教就再喊"立正"，王一忱这才看到管教一张黑黑的脸，不得不顺着墙角站起来……

从上小学开始，老师喊"立正"，他就跟着立正；喊"稍息"，他就跟着稍息。直到大学毕业，他守规守矩。后来，仕途一帆风顺，很少再听到这些口令，也就忘到脑后了。现在，有人对他发号施令，让他浑身一激灵，他不敢有丝毫懈怠。

只一个月时间，王一忱的头发就变得花白。了解他的人都知道，他的头发本来就有白的。这里没人给他染发，头发自然回归了本色。

他内心的堡垒逐渐瓦解，一次次交代问题。他想尽快结束这场噩梦。

他的罪行一天天浮出水面。无外乎金钱、美色、利欲熏心、草菅人命……

他有了充分的思想准备，自知十恶不赦，等待法律的严惩。

他最终被处以死刑。

刑场上，王一忧被人押解着，看了一眼苍天，看了一眼大地，大脑一片空白。最后王一忧看到送他"上路"的，是一个刚入伍的武警战士，乳臭未干，应该没什么级别。

不知道到了阴曹地府的王一忧，会不会还把级别的事放在心上……

对　话

○周海亮

儿啊！男人说，我来看看你，我只是来看看你，过一会儿就走。要赶火车，回去晚了，矿上要扣钱的。

我知道你记恨我，你说梦话时，骂过我。你怎么这么恶毒？我是你爹啊！我有什么办法？念高中，一年得两千多块钱啊！

儿啊！男人说，我来看看你，坐一坐就走，你今天别骂我。

我知道你想念书，可我去哪儿弄两千块钱？就算把我的血抽干，再把骨头砸了，只要能卖出你念书的钱，我就去抽，就去砸。可是我知道抽血得靠门路。没门路谁要咱的血？谁要咱这把骨头？咱家里没门路。

好在咱这里有煤啊。有煤，就得有人挖煤。挖煤，一年就能挣好几千呢。你三伯挖煤，不是供出了两个大学生吗？他能挖，我为什么不能挖？我有类风湿？怕什么！你三伯不是还有哮喘吗？

儿啊！男人说，所以我去挖煤了。走的时候，我不让你娘告诉你我是去挖煤。我不是怕你难受，其实你那时候已经不念书了。我跟学校的老师说，名额先给你留着，等我挣了钱，交了学费，你再回去。我去挖煤，我不告诉你，真的不是怕你难受，我是怕你也去挖煤啊！

其实挖煤也挺好的，吃的菜里有大片的白肉，馒头也挺大的。有塌方？对，小煤矿都有塌方。没塌方，怎么能轮到我们去挖煤？

你见过塌方吗？我正挖着煤，正挖着，天就塌下来了。到处都是石头，就像下冰雹，专拣人砸啊。你三伯喊，塌方！我瞅一眼，他就被埋起来了。我慌了，向外跑。跑不出去，洞口早堵死了。牛娃喊我，向后跑啊！他也被埋住了。

牛娃认识吧？你认识的，他比你大六岁，小时候，偷过咱家的玉米。

那次塌方，死了五个人。你三伯，牛娃……全死了。我命大啊！我晕过去八个钟头，八个钟头，没有再挨上一块石头……我命大啊！阎王爷知道你需用钱读书，他放我回来了。

儿啊！男人说，我挣的钱，你念书，一年够了。可是我回来，怎么你就不在家呢？

你娘告诉我，我走后没几天，你也走了。我知道你想念书，可是儿啊，钱我来挣，我是爹啊！你怎么也跑出去挖煤呢？你才十六岁，你告诉人家你十九岁，其实你说你十六岁，他们也要你，挖煤很缺人的。可那是人干的活儿吗？

儿啊！男人说，挖煤有大馒头吃，有肉片儿吃，可是有塌方啊！你见过塌方吗？你见过？天塌下来了啊！到处都是石头啊！你跟你娘说，遇到塌方，你能跑出去，你说你跑得比兔子快。你怎么这么不懂事啊！

儿啊！男人说，我来看看你。我只是来看看你，现在我得走了……再晚，就赶不上火车……矿上要扣钱的……我还得去挖煤……你弟弟，他也要念书的啊。

深秋。荒野。一个泪流满面的中年男人，朝一座新坟，狠狠地磕了三个响头。

儿啊！男人说。

口水事件

○韦　名

春光明媚的日子里，局里很多人心里的希望就像院子里几株大树的新叶，见风就长。

老局长主政十年，终于像冬日树梢上的黄叶一样，虽苦苦支撑却也无可奈何地随风飘落了。十年里，院子里几株大树的叶子长了落，落了长，可局里除了少数人外，很多干部停留在"时光隧道"里：十年前是科员，十年后还是个科员；十年前是科长，十年后依然是科长……

哪个公务员不希望自己就像初春的新叶一样迅速成长？

十个春秋啊！

当黄叶飘落时，在容易伤感的春天里，局里的很多人不仅没人伤感，反而巴不得黄叶快落掉，好让新局长带来似剪刀的二月春风，细细裁剪局里的新叶……

怀着希望，局里很多人躁动不安。

新局长亲切得就像邻家的大哥大叔，挨着办公室串，眯缝着眼挨个问询情况。希望就像见风就长的新叶，一天一个样！

可正当局里很多人的希望空前高涨时，一件事情把大家震惊了：2月13日上午，局长来上班的第二天，被人吐了口水！

发布这消息的是局办公室主任。

"缺德啊！那天，局长正准备进局大门时，一口唾沫不偏不倚，飞落在局长亮闪闪的脑门上！"办公室主任讲得绘声绘色，好像他亲眼目睹了这一切，"局长抬头向上望，发现很多窗口缩进了脑袋。脑袋虽缩进去了，可窗户来不及关上……"

真是哪壶不开提哪壶！

先前，老局长多年压制一些干部，不提拔不重用，局里的一些干部恨他，除了在民主测评上给老局长制造点小麻烦或者写写告状信外，不知是谁带头，也不知从什么时候开始，从窗口看到局长进大院，就朝他吐口水。虽然，多年来老局长一次未被口水袭击到，可局里的同志们爱从窗口吐口水却成了习惯。

糙米碰上了空舂臼，怎么会这么巧？

"咱局长真有涵养，被吐口水后，一点也没声张，而是擦干后一间一间办公室去看望大家……"办公室主任意味深长地说，"谁吐的，局长心里可清楚呢！"

怪不得那天局长每间办公室都看得那么仔细，在有的屋子还摸了摸窗户……大家一时恍然大悟！再回忆局长眯缝着眼的笑就有点不寒而栗！

谁吐的口水呢？

局长会怀疑谁呢？……

一时间，局里人人自危！

2月13日上午，我没朝窗外吐过口水。有些人开始还很镇定，可看到局长眯缝着眼的笑就不自信了……

2月13日上午我吐口水了吗？

我的窗户没关，局长怀疑上我了吗？

口水事件煎熬着局里的很多同志。有些人甚至到处打探消息——局长究竟怀疑谁吐的口水？

驿动的希望之心被躁动不安的惊慌之心代替了！

备受煎熬的同志们迎来了新局长到任后的第一次全局机关干部大会。

那是新局长到任后的第 16 天。

局长在会上讲了"口水事件"。

同志们诚惶诚恐，忐忑不安！

"我知道谁吐我口水！"局长的开场白让参加会议的人如坐针毡。

"2 月 12 日，我到局里上班；13 日我到各科室看望大家；14 日，办公室刘主任告诉大家，13 日上班时，我被吐了口水……"

台下鸦雀无声。

"14 日晚上开始，就有很多同志来找我，说明这件事。到目前为止，全局 50 人，除了 3 人没来找我之外，陆陆续续来了 47 人。"局长提高了声调，"我统计了一下，47 人中，有 20 人是来慰问撇清关系的，有 15 人是来检举揭发他人吐口水的，有 12 人是来主动承认自己吐的……"

台下有人脸红有人脸青，嗡嗡声一片。

"我要告诉大家的是，我根本就没有被谁吐到口水，我是故意让刘主任这么说的！"局长又提高了声调，嗡嗡声不见了，会场上错愕、惊慌一片！

"大家被压制了多年，想进步的愿望我能理解。可我要告诉大家的是，要做官，先做人！"局长说完随即宣布散会。

希望像春天里刚刚长出的嫩叶一样遇到了倒春寒，未见长大就掉了。

没有了希望的同志们少了些躁动不安，多了些小心。

新局长与老局长一样，该提拔的人一刻不停地提拔。不一样的是被提拔到的欢天喜地，没被提拔的没有怨言——他们本身就不敢奢想！

健康食品

○红　酒

彪子从小就能吃，三岁能吃下两个拳头大的白面馍馍。

彪子家境不好，饥一顿饱一顿，干巴瘦的身子骨，细长脖子上挂着个大脑袋，凹着眼窝的大眼就盯着谁家有好吃的。娘看着彪子那副狼吞虎咽的吃相，叹着气说，这娃该不会是饿死鬼托生的吧。

彪子最爱吃娘烙的烫面葱花油饼。葱花油饼不是彪子想吃就能吃得到的。家里来了稀客、彪子过生日时，娘才会烙烫面葱花油饼。院子里支起鏊子，灶膛里塞几把麦秸，娘鼓起腮帮吹上几口气，火便呼呼地舔着鏊底。娘拿起块儿猪油，在干烫的鏊子上转圈一擦，香味就铺满了院子。娘把擀好的油饼在手掌上一转，油饼在空中打着旋，准确地落鏊子上了，再顺手添把柴，用竹片把油饼翻几下，葱花饼两面烙匀实了，手中的竹片猛地一抖，烙熟的油饼如鸟一般扑进竹筐里。

只要有了葱花饼，彪子总是把自己的肚子撑得溜圆，巴不得天天有生日过有稀客来。

彪子见天就惦着吃，从没把心思用在学习上，哪个同学带吃的了，他就在人家身边献殷勤。为此，没少挨爹的巴掌，可彪子这主从来记吃不记打。老师拿着彪子的考试卷家访，彪子老爹的脸气得像后院菜地里那长势喜人的紫茄子。娘叹口气，没多言语，只说让彪子麻溜儿上炕睡觉，明儿带他去城里。

彪子头回跟娘进城。娘牵着他的手东绕西拐进了家餐馆，从衣襟下掏出个手巾包，打开，仔细数了几张毛票，给彪子要了碗炸酱面。彪子抹着鼻涕，呼噜呼噜两口就吃完了。

彪儿，吃够没？彪子摇摇头。

想不想以后天天都有炸酱面吃？彪子点点头。

看到旁边这些吃鱼吃肉的人没？彪子点点头。

想不想将来也和他们一样想吃肉就吃肉想吃鱼就吃鱼？彪子点点头。

彪儿，要想天天有肉吃就得变成城里人，懂不？

怎么变成城里人？

好好念书。书念好了，考上大学就能变成城里人，就能让一家老小吃肉吃鱼，想吃多少吃多少，知道不？彪子点点头。

彪子恍然大悟，读书原来有这么多好处。从此，彪子开窍知道用功了。

彪子一用功就不得了，小学、初中到高中，成绩总是名列前茅。考大学，彪子成为小城里的文科状元。填报志愿时，彪子不选名牌学校，而是选了伙食条件好费用又不高的学校。彪子大学毕业，分到一家大企业。老总带着班子人员和彪子设宴招待客户，那桌菜是彪子想象不出来的。一顿饭好几千，而老总只是轻描淡写地在一张单子上签了个字。

彪子失眠了，两眼跟汽车大灯似的瞪到天亮。他知道，即便是城里人了，即便是有肉吃了，那人与人吃的肉也不一样。有吃五花肉的，有吃带皮肉的，有吃精瘦肉的；还有吃进口肉的，说那绿色的肉从东欧宰杀空运到国内再精心制作端上餐桌绝不超过十二个小时。

彪子很快就知道了，越是吃高级昂贵的菜肴越是不用自己掏腰包。于是，只要有吃的机会，彪子从不放过，很快就吃得脑肥肠满，挺起了肚子。

当然，彪子工作很卖力且能吃苦，但凡公司有什么犄角旮旯偏僻边远的业务，彪子都毫无怨言地去做。天长日久，彪子熟悉了公司所有岗位的运作职能，也看清了公司经营管理方面的缺陷和漏洞。公司改革竞聘，彪子有理有据翔实可行的方案被上级和公司的员工认可，彪子就坐到了公司总经理的位置上。

上任的当晚，彪子没请新班子人员一起庆贺。他选了市里最高档的酒店，把老爹老娘接来，点了酒店里最高级的菜。那架势差点儿把爹娘吓晕。彪子说娘，咱能天天吃肉吃鱼，咱能签单，不用自己掏钱。彪子倒上酒，一口吞下就哭了，哭得惊天动地。

彪子不会亏待自己，在城里很多的高档酒店都是常客。彪子曾经对朋友说，吃喝拉撒睡，吃字当先；民以食为天，吃好很重要。看看你，面色晦暗，两眼无神，缺少活力，一看就是身体不行。要讲究吃，要营养平衡。我建议你，也不要多，每周吃两次鲍鱼，喝一次东北参汤就行了。朋友瞪着眼说，你当我是你啊，每周两次鲍鱼，我吃得起吗？

彪子拍拍朋友的肩膀，笑吟吟地走了。是啊，吃起吃不起是你的事、你的本事，友情提醒还是需要的嘛。

彪子吃出毛病了，单位体检，血糖高、血脂稠、脂肪肝。医生说这是富贵病，吃嘴吃出来的。锻炼、忌口，少吃肉少喝酒。彪子受不了，彪子几天不去酒店签单就觉得心慌手痒气躁，像丢了魂儿。

彪子是和班子人员聚会时被检察院带走的。临行前，彪子还不忘把眼前的一碗参汤喝尽。

彪子在局子里待了半年多，才被允许探望。彪子说，半年清汤寡水粗茶淡饭，我受不了了。去的人说，你不是身体有许多毛病嘛，看看能不能办个保外就医啊。彪子就提出要求。去医院做了检查，结果是一切正常。彪子不信，换了家医院再查。还是一切正常。彪子说，乖乖，在局子里待着，吃的都是健康食品啊。

来人走的时候问他还有啥要求没。彪子抿抿嘴唇，说，能不能让俺娘烙几张烫面葱花油饼带来？

彪子真哭了。

会说话的藏刀

〇丁立梅

导游洛桑，是个迷人的康巴汉子，浓眉大眼，身材魁梧，说一口流利的普通话。他是我们游香格里拉的地陪。一下车，他就给我们来了一个九十度的大鞠躬，浑身是笑："欢迎大家来我们香格里拉做客！你看，天多蓝，云多白！我爱我的家乡！扎西德勒！"

我们很快喜欢上这个年轻率真的康巴汉子。一路上，他一直滔滔不绝着，说当地的风土人情，讲茶马古道的故事，学藏獒叫，唱藏族小曲。他喉咙一展开，我们立即吓了一大跳，那声音简直是金属的，金光灿烂，亮闪闪一片。我们说，若是他去城市里做歌星，保管走红，原生态嘛，现在都热衷这个。洛桑听了，很认真地回答："不，我爱我的家乡，我就愿待在这儿，哪也不去。"

我们听不懂他唱的藏语，他就用汉语字正腔圆一句一句翻译，当翻译到一句"草原上的姑娘卓玛"时，我们中有人笑："洛桑呀，你有没有你的好姑娘？"

洛桑哈哈乐了，眼睛瞪大，一本正经答道："有啊，我的好姑娘，是世上最漂亮的姑娘。"他告诉我们，他的好姑娘，也是个导游。他们带不同的旅游团，在同一片天空下转着，却难得相见。洛桑说这些时，嘴边一直飞着笑，表情柔和且安静，让人感动。我们于是都在想象他的卓玛，梳很多小辫子垂挂着，穿镶花边系绣花腰带的藏袍，有漆黑得如深潭的眸子。问洛桑:"是这样吗?"洛桑频频点头:"是的是的。"

停车吃饭,一眨眼不见了洛桑。出门,却发现他蹲在人家水池边,就着一块磨刀石,正专注地磨着他佩的藏刀。问他:"带藏刀干吗呢?"他解释:"这是藏人服饰中的一块,藏人着装,是要佩了藏刀,才算着好装了。这是流传下来的习俗,藏人最初是用它来防身和切肉吃的。"我们要他示范一下他的刀快不快,洛桑就找了一根铁钉,削了下去。铁钉当即被削断。

即便是这样的锋利,洛桑一有空闲,还是取下他的藏刀磨。这让我们大大不解。洛桑轻轻插刀进鞘,说:"我这刀是有灵气的,我把我手上的温度,磨进刀里去,它就会说话。"我们知道他是开玩笑,都跟着一乐。

车过一峡谷,洛桑看着窗外,突然变得很兴奋,洛桑问我们:"可以停一下车吗?就五分钟。"我们都扭头往窗外看去,就看到与我们相向的一辆旅游车,停在路边,一些游客散在路旁,正对着峡谷拍照。大家好像明白了什么,都一齐说:"我们也下去拍照吧。"洛桑一弯腰,冲我们感激地说:"谢谢大家了,扎西德勒!"

洛桑是第一个跳下车的,他刚跳下车,我们就见到一个藏族姑娘,从那边车旁奔过来,黑黑的脸庞,胖乎乎的身材,穿着红底子碎花的藏袍,没系绣花腰带。这应该是洛桑的卓玛了,很一般的样子。我们一行人,都有些失望。

接下来看到的,却让我们感动无言。洛桑和姑娘面对面站着,相互傻笑。后来,她取下她的藏刀,他取下他的藏刀,他们互相交换了藏刀,伸手按按对方的刀鞘,仿佛在看,那刀是不是在对方的刀鞘里安妥了。她理理他的衣领,他拍拍她的肩,然后回头,招呼各自的游客上车。

车上,洛桑说:"那是我的姑娘。"我们点头:"知道。"洛桑就笑了,问:"我的姑娘漂亮吧?"我们说:"是,漂亮极了。"洛桑听了,非常高兴。他告诉我们,两人长期在外带团,见面少,他们就想了这个法子,每次遇到，就交换一下藏刀，因为对方的温度，会留在刀上。

想来，她在一有空时，也一定取出藏刀，不停地磨啊磨。她把她的情和暖，也磨进刀里面。

搬家轶事

○范子平

我由石坪乡党委书记调任深山区的野虎沟乡党委书记，家眷随迁，这就得搬家。我从乡里过来，正要找车找人，老婆说："一大早小林就来了，说他人车都准备好啦。"

小林是石坪村的青年农民，在石坪村及附近几个村子颇有些影响力，他手下有好几个运输公司，其中一个是搬家服务公司。我说："咱那点家当，用不了几个人。"

老婆说："这儿的习俗你又不是不知道，搬家是热闹事，花点钱应该的，你没见娄书记搬家？"

娄书记是我上一任的石坪乡党委书记，他调走时也是小林领人来给他搬的家。娄书记说要十来个人，小林领去了五六十个。娄书记在康佳大酒店定了三百元一桌的酒席，可小林他们到席上吵嚷着换酒加菜，一桌下来五六百，最后花了娄书记七八千。娄书记是个细致人，购置的家具很讲究。可小林他们人多手乱，折断了意大利真皮沙发的腿，碰歪了新式大容量冰箱的门，撞破了32寸彩电的屏幕。娄书记气得脸色发青，可还得散着好烟说好话。他知道这伙人不好惹，动不动上访告状，还会去各级纪检委反映情况，叫你吃不了兜着走。

我说："可能是他们对老娄有些气吧。"

老婆问："酒宴怎么定？"

我说："一桌二百六十元吧。"

老婆提醒我："娄书记可是三百元还不沾哩。"

我说："咱家没那么多钱。再说，老娄走是荣升副县长，咱是贬往深山区，跟他比个啥？"

几个困难村还有一些问题需要了尾，上午我到那里转了一圈，回来见我家的东西正在往拖拉机上装。那些个破旧的书桌书柜，还有用了十多年的旧沙发，边沿和拐角处都用旧海绵旧棉絮包裹着。大家小心翼翼地往上抬，我又是感动又是好笑，说："不要费那个事，这些个旧东西，不值个钱，碰了也没关系。"

好几个人嚷嚷着说："比娄书记的真皮沙发值钱得多！"

我说："你们开玩笑了。"

吃中午饭的时候，康佳大酒店里座无虚席，看样子比娄书记走时人还多。但人们坐定许久不见上酒上菜。原是安排好的呀！我蓦然想起，康佳大酒店的杜老板跟小林是铁哥儿们，莫非是小林他们在丢我的人？我急得脑门冒汗，连喊王秘书："咋还不上酒上菜？"

小林在那边双手撑着桌子站起来。我想：果然是他。

小林摆着很神圣的样子高喊："上饭啦！"

康佳大酒店的服务员们一个接一个风般跑出来，端着盘子挨桌子挨人分发，一人一个枣花杠子馍，一人一碗小葱拌豆腐！

小林说："送啥样人，吃啥样饭。窦书记来时半车旧家具，走时半车旧家具，咱石坪是林区，可窦书记没从咱石坪拉走过一根木椽，也没有得过咱石坪一分钱，这样清清白白的官，咱老百姓敬服！咱今天就吃小葱拌豆腐！"酒店里响起一片掌声！

小林又说："窦书记在咱乡三年，村村通了路，户户有了水，家家余了粮。他不爱酒宴，咱要以茶代酒敬他一杯！"

一杯杯清茶举过来，我顿时泪如泉涌，这时才感觉到，我为石坪乡的父老乡亲出力太小太小！

立遗嘱

○秦德龙

老吴这几天很郁闷。

郁闷的原因是，公司要求 50 岁以上的人都要立遗嘱。凡立遗嘱者，将来作古的时候，公司赠送一块墓地；凡不立遗嘱者，视同自愿离职，不给任何待遇。

你说让人郁闷不郁闷？好胳膊好腿儿的，才 50 岁，就要考虑后事，真的让人很郁闷！

说实话，老吴并不是心胸狭窄的人。平时读报，见到有人捐献器官、骨髓什么的，他也是热血沸腾，也想在百年之后，从身体上卸下来一块，为社会最后一次做贡献。可他从没想到，刚刚年过半百，就要立什么遗嘱！这真是让人郁闷。

老吴来到了公司，想找人问个究竟。

有人笑笑说：让你立遗嘱，你就立。也不是让你一个人立，50 岁以上的人都立。当然，立遗嘱，也不是要马上分配你的财产和身体器官，主要是考核你对公司的感情和敬业态度。人家老王立遗嘱，就把自己收藏的几百枚纪念章捐献给公司了嘛。

老吴似乎明白了几分，于是，找到老王，想听听老王怎么说。老王笑道：我收藏那些东西，生不带来，死不带去，不交给公司，交给谁？难道要留给我那败家的儿子？著名作家某某某，把全部藏书都交给图书馆了，包括个人著作和手稿。这才是最好的归宿！许多名人都是这么做的。

老王还告诉老吴，老刘立遗嘱把积攒的纪念邮票全捐给公司了，老魏立遗嘱把珍藏的名人字画捐给公司了，老马立遗嘱把荣获的奖章和证书捐给公司了……

老吴彻底明白了。

老王又加重语气说：捐吧，生是公司人，死是公司鬼，公司又不亏待咱，死了白给块墓地，咱为啥不捐？公司收藏了咱的东西，放到展览馆里，给咱发扬光大，多好啊！

老吴动心了。老吴很快就有了想法，想到了家里的一对恐龙蛋。对，就立遗嘱，捐给公司一对恐龙蛋！这对恐龙蛋，还是那年一个河南朋友送的呢。

老吴回家就找恐龙蛋，翻箱倒柜。恐龙蛋是老婆藏起来的，老婆喜欢藏东西。过去，穷惯了，养下来个毛病，有啥值钱的东西，总要东掖西藏。

老婆问：你找什么呢？中邪了吧？

老吴说：找恐龙蛋，我要立遗嘱，把它写进遗嘱里。

老婆很郁闷：你说什么？你活得好好的，立什么遗嘱？可别神经了吧？

老吴很认真地说：公司要求50岁以上的人，都要立遗嘱。立遗嘱，奖励一块墓地；不立遗嘱，下岗回家。

老婆惊叫起来：这不是要把活人变成死人吗？

老吴笑道：你的认识不够端正。立不立遗嘱是对公司的感情问题，也是对公司的态度问题。我都问过了，老王、老魏、老刘、老马都立过遗嘱了。别人都立了，我总不能另类吧？你是知道的，我这个人，是离不开组织的，是需要和同志们在一起的。天有不测风云，人有旦夕祸福。谁没个三长两短？早立遗嘱早受益嘛！

老吴说着说着，抹起眼泪来了。

老婆的眼角也湿了。真是的，人生无常，今晚上脱的鞋子，明天能不能穿上，都很难说。

老吴的遗嘱很快就写完了，把一对恐龙蛋写进了遗嘱，写明了百年之后恐龙蛋属于公司。

遗嘱一交上去，老吴就接到了通知，让他去挑墓地。

去挑墓地的那天，阳光很好。

墓地在一座山上。山色青青，山路弯弯。老吴爬到了半山腰，选了一块可心的墓地。老吴的心情很平静，似乎过几日就要搬到这里睡觉了。

下山的时候，意想不到的事情发生了，老吴一脚踩空，跌入了深涧！

老吴被打捞上来的时候，身子已经硬了。当晚，老吴睡进了殡仪馆的冰柜里。

三天后，老吴变成了一盒骨灰，葬入了他自己挑选的墓地里。老王、老魏、老刘、老马等人，对老吴的死，深表哀悼。同时，又深表费解。他们费解的是，老吴这个人，怎么这么财迷，刚挑好了墓地，就抓紧时间逝世了！

他们嘀咕了一番，结伴去了公司，把自己写的遗嘱抽回去了。

蝴蝶庄之秤

○司玉笙

春节刚过，上面派我去王寨乡最偏远的蝴蝶庄当村主任助理。

宣布任命的第二天，庄里的一辆面包车顺路来接我。开车的名叫棍棍儿，眼睛小而细，就像是睁不开。面包车破得也不像样儿，一个大灯被碰出窝儿，在前脸提溜着，车一动，那灯就刺啦刺啦响。蝴蝶庄位于黄河故道腹地，被称为王寨乡的"下野地"。到了村委会，也就是当地俗语说的村室，一看，村组干部都等着哩。村支书兼村主任老姬迎上前来，搦着我的手猛摇。

"热烈欢迎，热烈欢迎！"

我不好意思地说："我又不是啥大人物，咋弄这？"

"兄弟，你是第一个到咱蝴蝶庄当村官的大学生。比大人物还大人物！"

他搦罢，后面的接上来搦，不一会儿我的手就生疼。

进村室落座，老姬先介绍了蝴蝶庄的基本情况。其实，我对蝴蝶庄并不陌生，在乡里因与老姬经常打交道，也是熟人了。知道这人是当兵出身，一身硬功，且极有个性。

他介绍完之后，忽然对我说："咱庄有个不成文的规矩，是干部的，仨月就要过一次磅，就是称称体重。假如说你的体重超过以前，就说明你这人多吃多占了，要小心呢！"

他这一说，其余人都抬起头往我身上看，看着看着屁股就离开了凳子。

"司助理，上磅吧！"老姬向东间喊，"棍棍儿，把那本子拿来！"

棍棍儿手持一个小本本一蹦出来了，好像等这一声等了许久。跑到门后，把磅秤往这边推推，一龇牙翘出一个微笑。

我瞅瞅他们，他们也瞅瞅我。老姬说："这有啥害羞的，咱男人身上的疙瘩蒲棒都是一样的，谁不知道谁？俺几个上磅都是脱得光溜溜的——脱吧，不想脱光留个裤头也中！"

在他们注视的眼光下，我将衣服一件件脱下，其中内衣内裤是棍棍儿搭了两把手帮我扒拉下来的。

赤裸裸地站在磅秤上，脚底板子透凉，仅有的那点隐私也叫他们看得一清二楚。我下意识地抱起膀子蹲下，想遮住些什么，可这是多余的——周围是一双双腿，栅栏似的围得让人宽心。

大概就几秒钟的光景，听得磅秤上金属与金属相吻的声音，老姬就问："多少斤？"

"六十八公斤半……"

"换成市斤就是……一百三十七斤——记下，记下！"

过了这第一次磅，我把蝴蝶庄当成了自己的家，整天忙着为庄里办事。村民欢喜，隔三差五地给我送些自制的酱菜和地里的鲜物。夜深人静时，我不由得站上磅秤过过体重。一看分量未增，就小声地对磅秤说声谢谢。

那天，村室里就我和老姬俩，他忽然问我到蝴蝶庄多少天了。我说我也没记，反正日子过得挺快的。他诡谲地笑笑，往磅秤上一站，咋呼道："过来，过来，看你哥我的膘见长没？"

我一过去，他自己就喊出来了："吆，我瘦了，瘦了，掉了三斤肉——上来，上来，看看你的！"

我站到磅秤上，老姬歪头拨着秤，一看停当了，报出个数字。

"吆，毛重才一百三十五斤——兄弟，你也瘦了！"

"没想到在咱庄还能减肥哩！"我调侃道。

"很正常，很正常——你瞅瞅，蝴蝶庄的人很少有人发胖——谁想减肥，就到咱庄待上两年，看他掉膘不？"

"是的，是的，有你在蝴蝶庄，谁也不会胖。"

"你这话说得中听。"

磅秤被他拍得吱呀作响，好像棍棍儿的破面包车开进来了。

"这秤有些年数了。"

"可不，打我从部队回来，它就在生产队了。实行责任田时，啥都分了，就是这磅秤没动。我当了这村官，就将它放在眼皮子底下，看到它，心里就说，你可不能多吃多占长横膘，不知轻重瞎胡来。"

他说这话时，手的动作变为抚摸。磅秤不再响了，静默得像一尊经历沧桑岁月的雕像。

老姬抚摸着这尊雕像，眼神里透出一种秋水般的凝重。

"你好啊，老伙计，这些年来，就剩下你自个了……"

他喃喃自语，双手扶着磅秤慢慢蹲下去，头就抵住了磅秤。他蹲下，我也不知不觉地屈下了身子，磅秤就高出了我俩一截。

隔着磅秤，老姬与我面对面，呼出的气息带有淡淡的烟味。他好像不知道我的存在，将沾在一个铁轱辘上的纸屑抠掉，又晃晃另一个。胳膊再一上举，我们俩的手就叠合在一起。

"兄弟，人心就像一杆秤，谁轻谁重心自知！"

我无言，只是搦着他的手，越搦越紧。

表　事

○魏永贵

老王给妻子打电话的时候是笑着说的。老王说这次开会发了一件纪念品。妻子说好啊，是件什么东西呀？老王说是块表，很精致的女表。

的确，此刻，这块精致的女表就搁在老王的床头，柔和的床头灯照在表盖上，隐隐散射着蓝莹莹的光。老王来这个城市开会一个星期了，明天就要散会，上午主办方发了这块纪念品。领回纪念品的时候老王就同一个房间的小李说，这块表真是不错，给老伴儿戴吧有点可惜了；送给情人吧，咱还没有。

老王说的"可惜"，是说这块精致的女表设计得很时尚，给皮肤起皱松弛的妻子戴，确实有些不合适。现在，临散会的头一天，老王打电话给老伴儿例行汇报行程，忍不住说了纪念品的事。而且，平时喜欢说笑话的老王又笑着对老伴儿重复了这句话。

老王说，哎呀，这块表真是不错，给你戴吧，真有点可惜了；送给情人吧，咱也没有。这可咋办呢？

老伴儿知道老王是跟她开玩笑，没有生气，笑嘻嘻地在电话里说：没有情人你可以去找啊，你不是明天散会吗，还有一晚上的时间呢，你就不能出息一点找一个，把表送出去。老伴儿说完了又笑着补充了一句，你要是不把表送出去就别给我回来。

老王就呵呵笑了。老王说行，老婆的话就是圣旨，今天晚上就有一个晚会，我就趁机想办法找一个。我不信这么好的一件东西就送不出去。

老王是说着玩儿的。其实晚上也没有什么晚会，不甘寂寞的人都自由活动去了。老王挂了电话乱看了一阵电视，后来就打起了呼噜。

第二天，老王就坐上了回家的火车，后来又转了汽车。

回到老王所在的那座小城，已是万家灯火的时刻。老王想把那块表先藏起来，告诉老伴儿纪念品送人了，让老伴儿自己去旅行包里找，等老伴儿找不到，半信半疑的时候，再拿出来，给她一个意外的惊喜。

老王想到这里就去包里找表，准备找出来藏在内衣兜里。

找着找着老王脸上的汗就下来了——那个装表的小礼品盒——没有了。老王记得收拾东西的时候，把礼品盒放在旅行包旁边一个带拉锁的口袋里了。老王又找了一遍，而且把包翻了个底朝天——装着表的礼品盒确实没了。这么说在坐火车坐汽车，比如买票上车的时候，遭遇了贼手。

老王本来是在兴冲冲往家里走的，突然就觉得脚步沉重起来了。老王知道，眼下，是不能直接回家的。老王站在马路边上，犹豫了许久，最后迈动了双脚。

老王去了一家钟表店，经过一番挑选和讨价还价，买了一块表。一块女表。老王松了一口气，开始往家走。

隐　蔽

○江　岸

　　行军途中，突遇敌人的机群。一架架飞机立即调整方向，对准行进中的队伍俯冲下来。人们甚至看清了机身上绘着的太阳旗。

　　这是一个狭长的谷地，疏散队伍有难度。道路两侧是光秃秃的开阔地，幸好，开阔地旁边的山坡上，有大片大片的树林。大家纷纷跑过开阔地，往树林里钻。

　　瞬间，只有辎重队和个别手脚慢的同志还行走在道路上。

　　卧倒，就地卧倒。指挥员对他们吼。

　　王大勇本来有充足的时间跑到树林里。他是老兵，又是山里人，跑这几步路对于他来说根本不在话下。但是，他昨天刚刚升了班长，他得看着他手下的兵都跑到安全地带。他的兵都是近几天才入伍的新兵，有些人的名字他都叫不上来。他只记得他们的面孔。一个、两个、三个……他默念着一个个从他眼皮底下一闪而过的他的兵。有个新兵蛋子慌乱中跟跄了一下，差点儿跌倒，他一把抓住了他的衣领，顺手推了他一下。还差一个，他们全班就算都脱离危险了。

　　王大勇正在寻找最后那个兵，就在这时，听见了指挥员的吼叫。他明白，危险已经很近了，他没有机会跑进密林了。这个时候再跑，他只能是敌机的活靶子。

　　他必须赶紧把自己隐藏起来。他想，那个新兵蛋子又不是傻子，肯定早就跑进了树林，只不过刚才人太多，自己又慌乱，没看见罢了。

一切都来不及了。这个时候，就算是欺骗自己，也只能这样想了。

王大勇已经打过好几仗了，隐蔽的基本功还是有的。在他旁边，正好有个干涸的泥坑，坑边有一簇茂盛的水草。部分水草倒伏了，肯定是被前边路过的战士踏倒的，但依然还有一些顽强地挺立着。他想都没想，扑通一下倒进泥坑里，脑袋扎进草丛，双手兜上去，护住脑袋。人趴在那里不动了，但眼睛还是不由自主地在道路上逡巡着。突然，他发现了那个新兵蛋子，惊呆了。

在他侧后方，新兵木桩一样挺立在路中央，就像眼前那些不愿意倒伏的水草。他刚才光顾看前面了，没看见身后的这个兵。显然，到底是新兵蛋子，他被吓坏了，吓掉了魂。

他这样傻站着，只能是死路一条。一架敌机笨蛋，不能每架敌机都笨蛋吧？一群敌机冲过来，不把他打成筛子才怪呢。

王大勇又气又恨，想破口大骂，想照新兵屁股上踢两脚，甚至想扇他几个耳光。即使这样，他也觉得不解气。他真想把这个笨蛋按在地上，结结实实暴打一顿。

事实上，他这样想的时间极短，也就是一闪念。刹那间，他这样想着的时候，他的整个身体已经飞了出去。

新兵距离王大勇大概有四五米远，但王大勇的动作太迅速了，一个鱼跃起身，一个箭步飞腾，新兵就被他扑倒在地上了。

人们刚刚看见道路上还站着一个傻大个，转眼再看，就看见了两个叠加在一起的身体堆。

几乎与此同时，敌机俯冲下来了。人们听见飞机刺耳的尖叫声，飞机俯冲的气浪震得道路上尘土飞扬，震得山坡上树叶哗哗乱响。

哒哒哒——这是机枪扫射的声音；

砰砰砰——这是炸弹落地的声音；

叭叭叭——这是炸弹爆炸的声音……

敌机结束了轰炸，飞走了，大家从树林里奔出来，往道路上跑。战友们七手八脚地，从土堆里拉起了王大勇，从王大勇身子底下拉起了吓傻的新兵蛋子。

大家惊奇地发现，他们竟然毫发无损。

王大勇跳起来，抖抖帽子，抖抖军装，抖落下许多尘土。他双手举着帽子，正要往脑袋上扣，却突然停了下来——

他发现，在他刚才隐蔽的地方，那个小小的泥坑居然变成红薯窖那么大那么深，旁边的水草荡然无存了。

武都头上项目

○侯国平

行者武松自从到二龙山坐上第三把交椅后，一直分管经济工作。刚开始那段时间，他拿出当年景阳冈上打虎那么一股劲，一心扑在工作上，兢兢业业，真抓实干，很快就把二龙山建成了小康山。高楼盖了一座又一座，田里的粮食打了成千上万斤，山寨里的大小头领们，一连涨了16次薪水，个个腰包都鼓囊囊的。母夜叉孙二娘见了武松就竖起大拇指赞道：武都头干得好，真天神也。

可最近两年"天神"有了烦恼，二龙山的经济指标，在梁山大寨的排行榜上，一直不很靠前，总落在桃花山和白虎山后面。智多星吴用多次批评说，这与二龙山的大山地位很不相称，要迎头赶上啊。武松心中不免有些烦恼。

怎么赶呢？武松急得乱跺脚，在班子会上发火说，大气候不中，咱这小康山已经很吃力了，得上新项目才中啊。

花和尚鲁智深和青面兽杨志齐声说：都头说得好，必须上新项目了。

上啥项目呢？二龙山这两年耕地连年减产，庄稼人辛苦一年也就混个肚儿圆。去年，武松号召大棚种植，结果山上山下白茫茫，种的黄瓜、西红柿堆成了山，卖不上价，烂在地里，连猪都不肯吃了。

花和尚鲁智深说，那二亩地里鼓捣不出个啥名堂，要搞就搞第二产业。但二龙山国有企业大都不景气，化肥厂破产了，皮件厂停产了，农具厂、油厂、机械厂、纺织厂也都亏损严重，满山都是下岗工人。

智多星吴用到二龙山调查下岗再就业情况时，武松汇报说，二龙山的失业率只有2.8%，低于桃花山，属于正常范围。打虎将李忠说，这不可能，到二龙山上转一转，满山的下岗工人，能把你的鼻子碰歪，怎么会这么低呢？武松说，这叫登记失业率，他不来登记，咱就不算数。武松一席话，说得众头领齐声大笑，都说，武都头高明。

花和尚鲁智深说，笑个鸟，再笑，也笑不出个新项目。

青面兽杨志忍住了笑，半天说，这也不中，那也不行，只有在第三产业上打主意了。智深一听便拍手说，阿弥陀佛，洒家到桃花山访问，看见周通那厮，硬是种了几百亩的桃树，弄了个景点叫桃花源，招惹得济州府里的人，都往桃花山上旅游度假，银子哗哗淌，真羡煞人。

武松说，那容易，咱也栽它几百亩的杏树，弄个景点叫杏花村，没准儿也能招惹得七州八府的人来咱这儿送银子。

青面兽杨志捂着满嘴口水说，罢，罢，快别说鸟杏树了，酸得人受不了，还是弄别的好。

孙二娘出了个主意，她说，何苦守着金矿要饭吃？现成的项目就在眼前，刨一下就成了。武都头打虎后一举成名天下知，何不在二龙山上建一座打虎纪念馆，没准儿就能火起来。

鲁、杨都说这个项目好，班子会上一致同意在二龙山建一座武松打虎纪念馆，以纪念馆为龙头，带动二龙山的经济持续发展。

武松说，景阳冈上已经建成一座打虎馆了，咱再搞一个，是不是重复建设呢？花和尚鲁智深说，他建他的，咱弄咱的，不碍他娘的鸟事。武松只好服从组织决定。

在武松的亲自领导下，占地120亩的武松打虎纪念馆在二龙山落成了。馆内塑起一座武都头奋力打虎的大理石雕像，那只老虎标本，张牙舞爪，生动极了。武松说，这老虎不是那老虎，那只吊睛白额的东西，还在阳谷县衙仓库里睡大觉呢。

打虎馆落成后，很快显现出经济活力，人们蜂拥而至，都想到打虎英雄工作的地方看一看。二龙山日接待游客近万人，收入八万余元。武松的工作更忙了，签名、照相、作报告，不亦乐乎。

武松签名的打虎照片，也卖得很火，供不应求。母夜叉孙二娘在打虎馆旁开了个小卖部，专营二龙山纯净水，品名叫"大丈夫口服液"。二娘说，武松当年在景阳冈打虎时，喝的就是这饮料，并没喝"三碗不过冈"。这是一桩从未公开的历史秘密，如今将其公之于众，开发利用，造福于民。

因此，"大丈夫口服液"越卖越火，连白虎山的人都跑来订货。孔明喝了说，腿也不痛了，腰也不酸了，浑身是劲。

一年之后，二龙山的经济指标上去了，排在了白虎山前面，正在紧追桃花山。

出　道

○邵孤城

发隆书场的老板赵化成拈起一粒瓜子，刚要送到嘴边，眉头就皱了两皱。赵老板的眉头要么不皱，要皱一皱，那硕大的脑瓜里就准是琢磨了什么整人的把戏。今儿个连着两皱，估计这本书说下来，要大演一场好戏。

赵老板把桌面清理干净，那粒瓜子没来得及嗑开，就被他放了上去。

台上说书的，名唤袁金宝，说的是一本老书，《西厢记》。

遍数江浙沪评弹名家，说"西厢"能让人跷大拇指的，当数苏州的王子鸣。这袁金宝何许人也？正是王子鸣的学生。

赵化成和王子鸣签了三个月的约，这"西厢"要在书场连说90天。老先生在虞城端的好人气，听客们听说王子鸣来虞亮嗓，那真是如潮水般涌来，一待一整天。请来王老先生就等于是给赵化成请了个财神爷，虽说老先生的日薪甚巨，但绝对是物超所值。

谁知半路杀出个程咬金。

一天半夜老先生突然腹痛难忍，熬至天亮，竟然痛晕过去。县城医院不予收治，又转送上海方转危为安。

这事把赵老板煎得像热锅上的蚂蚁，就像一吊子水，快要开了，突然没火了，能不急人嘛！想想，这冷了场事小，凉了听客的心，事就大了。

所以当老先生荐来袁金宝，救场如救火，赵老板二话不说，让他先把场子救起来再说。待到三日后，赵老板惊魂甫定，细问之下，方知这年轻后生居然是头回正儿八经独自撑台面。

赵老板暗暗叫苦，心想：发隆这块招牌怕是要砸在这小子嘴上了。无奈箭在弦上，也只好打出"王子鸣嫡传"的旗号，只求菩萨保佑了。

谁料想袁金宝初次上阵，却毫不怯场，说噱弹唱是样样拿得起放得下，到底是得王子鸣真传，场场书说得极富王派神韵，丝毫不输师傅亲临。

场子是给救下来了，可赵化成却总觉得气不顺。今儿个赵老板亲临现场听书，突然之间，眉头就那么皱了两皱，想：这袁金宝何许人，拿得了我发隆书场的最高日薪？

虞城被誉为"江南第一书码头"，在评弹界还有一说，"唱红江浙沪，发隆第一步"，说的是新出道的评弹艺人要想唱红，得先接受虞城听客的考验。一来嘛，这虞城是评弹的起源之地，这里的听客懂行；二来嘛，虞城的听客挑剔，你的技艺是不是到家，到虞城一试便知分晓。到了虞城在哪儿说？当然是发隆书场。

寻常都是新人求着赵老板给机会，可没想到王子鸣老先生这一病让他慌了手脚，阴差阳错给袁金宝占了便宜，占了便宜倒也罢了，毕竟活儿不赖，可居然还要拿和他师傅一样的高薪，这怎么能不让赵老板心里堵得慌？

这高薪，你有本事才拿得走。你袁金宝不就是个初出茅庐的小雏娃娃嘛，治你，还不是小菜一碟。

待想通了这一节，赵老板马上气定神闲了。

今天袁金宝这回书说的是红娘刚被老夫人责骂，又受小姐之托传话张生，心烦意乱之下丢三落四，进出房门七十二回。这是整本书里最难说的一节，这进进出出本无悬念可言，可要在枯燥乏味的进出之间让听客不至酣然入梦，一方面靠的是说表本事，另一方面靠的是逗噱功夫。一般的评弹艺人说到这回总是避之唯恐不及，要么指东打西，要么插科打诨，让小红娘从房门里进出个十几二十回便仓促收兵，能说上三十六回的便算是高手了。

赵老板就是要在这七十二回上做做文章，给袁金宝来个下马威。

这袁金宝果然非同寻常，小红娘顺利进出房门三十六回，把一个小丫头的矛盾心情刻画得入木三分。隔上片刻，赵化成就不动声色地将一粒即将到嘴的瓜子放到桌上。

小红娘依旧在袁金宝嘴里进进出出，于是又多了她对小姐为情所困的同情、对老夫人棒打鸳鸯的激愤、对张生忠贞于爱情的欣赏。听客们被袁金宝精湛的技艺所折服，听得如饮醇醪如痴如醉，等袁金宝说完"欲知详情，明天继续"，竟是无人响应，半天才爆出一个满堂彩。

赵化成睁开双眼，目光炯炯，扫视一下桌面，已摆了一小堆瓜子。

赵化成站起身来，向正走下台的袁金宝拱拱手："名师高徒，袁老板，佩服佩服！"

袁金宝也拱拱手："赵老板过奖了！"

赵化成清清嗓子："今儿个也是有心，袁老板每让小红娘进出一回，我便在桌上摆一粒瓜子，不知道袁老板今天让小红娘进出了几回啊？"

袁金宝一愣，随即缓过神来："赵老板数数瓜子，不就知道了？"

赵化成摇摇头："不可，不可，那可是对袁老板大大不敬了！"

"但数无妨，要少一粒瓜子，这整本书的酬金金宝分文不取！"

此话正中赵化成下怀。赵化成心想：就是你师傅在，这个海口他也不敢夸的！

有好事的听客便纷纷嚷着要赵化成数瓜子，赵化成摆出一副骑虎难下的样子，连说"得罪得罪"。

"1、2、3……"听客们大声报出赵化成数出来的数，数到 68 的时候，桌上仅余两粒瓜子，听客们噤了口，赵化成却大声数道："69——70——"

"你看，袁老板，一定是我数错了，我再重数一次。"

袁金宝面红耳赤，似乎难以置信，却又哑口无言，半晌才说："不必了，赵老板，是金宝学艺不精，今日献丑了！"羞愤难当正欲离去，却听有人大喝一声："慢！"

　　那人绕过赵化成，在桌上轻轻一拍，只见两粒瓜子从桌缝里弹上桌面，滚了两滚，落到那堆瓜子里去了。

　　听客们大声报道："71——72——"随之而来的是一片叫好声。

　　赵化成定睛一看，大吃一惊，那人正是去上海治疗的王子鸣。

　　"王老先生，您的病痊愈了？"

过 河

○纪富强

马导心里有件窝囊事儿。

这事儿，他揣上就放不下了，头发掉了一把又一把。

马导今年四十八，二十年前退伍后进的乡派出所，基层一干就是这么多年。马导也没什么文化，人长得粗枝大叶，不修边幅。穿便服的马导，怎么看也不像个吃公家饭的警察。

马导家在农村，但在另一个乡镇，不值班时马导经常骑摩托车往二十几里外的家里赶。赶回去干吗？

除了同事们开玩笑说的给老婆"交公粮"，还得回去喂猪。

马导家里，上有病老下有弱小，全靠喂猪攒钱！

何况，马导在部队里就是饲养员，喂猪是老本行。

一个周末的早上，马导不值班，准备回家。可所里接到报警电话，辖区一农户家中被盗，丢了两头老母猪。

马导跟所长说，这村子正巧在回家的道儿上，我顺便走一趟得了。

所长同意了。这又不是抓捕，看看现场的事儿。马导经验多，正好。

马导换上警服（这点是他的规矩，出警就得穿戴整齐），骑着摩托车就去了。

现场很远，虽说大体方向顺道儿，但走了不少偏路。

来到受害人家中时，猪圈边已经围了不少人。见马导来了，受害人还

66

没开口就哭上了。

马导跟着心酸，他很清楚两头老母猪对眼前这个破家的价值。

"怎么回事？先别忙着哭，说说情况。"马导迅速进入角色。

"昨晚还好好的，我亲自锁好的猪圈门。今早上起来一看，俩老母猪都不见了！"受害人说，"我耳朵根子很灵，可不知道怎么回事，昨夜里一点动静都没听到……"

"最近得罪过人吗？"马导皱着眉问。

"没有，我可是全村出了名的老实！"受害人答。

"好好想想。以前有仇家吗？"

"确实没有。你看我住的这地方，独门独户的，能有什么仇家？"

马导了解到，受害人是多年前逃荒进村落户的，在村里是个外姓，为人还算忠厚。要是有人报复，这么多年也早把他砍死了，非得等到今天？

马导没再说话，记录本儿一合，就开始围着猪圈转，里里外外走了三圈，然后开始抬眼盯住围观的人看，边看边往人群中间走。

这时候，人群里有个扛锄头的汉子突然扔下锄头就跑！

马导吼了声："贼娃子，你往哪儿跑！"说着就追了出去。

汉子先跑出二三十米，马导和村民在后面紧追不放。马导边追边回过头问："你们认识他吗？"村民都喊不认识。

这是好几个村交叉的地界，不认识也算正常。可马导知道，不认识就决不能让他跑了。

越追越近，汉子跑进一片玉米地。等马导飞快地追出玉米地，却发现那人已经跳进了河里。

马导这辈子最大的遗憾就是不会水。别看从小生在农村，可偏偏是个旱鸭子。但马导顾不上了，也跟着跳进河里去。

等马导再一抬头时，忽然发现情况不对！

正是汛期，河水远比他想象的深。前边的汉子虽已到了河中心，但也不会浮水。而且河心水流湍急，汉子被浪头径直卷向了河下游。

眼睁睁看着那人只有头露在水面上挣扎，马导急了，冲着身后喊："谁会游泳？快去救人……"边喊边往河中心奔，刹那间也被河水冲向下游去。

在水里，马导的优势顿时化作了劣势。同样不会游泳，但他体重沉得多，下冲的速度根本赶不上那汉子。

令马导更恼怒的是，他身后没有一个人追上来！

最后，马导被河水冲得头昏眼花，侥幸抱住了一块大石头，才勉强从水里爬了出来。筋疲力尽的马导一上岸就疯了似的往下游跑，结果他看到了自己最不愿意看到的结果——

那汉子像块发面，直挺挺地躺在下游芦苇丛中间。

马导把尸体抱回村里去的时候，村民将他包围得里三层外三层。

村民们七嘴八舌地议论着，可马导跟傻了似的坐在尸体旁边发呆。最终，人散得差不多了，受害人才战战兢兢凑上来问马导："这就是那个小偷吗？你怎么知道的，为什么？"

马导缓缓抬起头来，眼神涣散地说了俩字："喂猪。"

受害人显然没听明白，又问："为……为什么？"

马导还是那副表情，回答说："喂什么，吃什么……"

受害人害怕了，再不敢多问，快速闪到一边去。

很快，所里的同事赶到了。所长办事利索，迅速叫人查清了死者底细，并从其家中猪圈里查获了丢失的两头猪。

往回走时天黑了，所长在车上问马导："你怎么确定是他干的？"

马导答："半夜弄走两头猪，不是现场杀的，又没有大动静，很简单，小偷必定是个养猪的，那人身上有酒糟和猪粪味儿。"

所长点点头："既然是他没错，我们就没冤枉他！"

马导听了，忽然哭出来："可那毕竟是条人命啊，我要是不追他……"

未来时代的爱情

○马新亭

我是地球上最美的女人，无论我走到哪里，男人女人的眼球都围着我转。我丈夫是地球上最帅的男人，无论他走到哪里，女人男人的眼球都围着他转。我们出出进进手挽着手，目不斜视，昂首阔步，旁若无人。几乎所有的男男女女在我们面前都自惭形秽，黯然失色。我们恩恩爱爱，相敬如宾。鉴于对我们虎视眈眈垂涎三尺的大有人在，我们都发誓谁也不准偷情。他说："除非有比你还漂亮的，可你是地球上公认的第一美女啊！"我说："除非有比你更帅的，可你是地球上公认的第一帅哥啊！"我们说着又是一个热吻。

小别胜新婚，这次出差按计划是一个月后回来，可我想给他一个意外的惊喜，所以不到一个月，我就踏上了归途。走出火车站，已是夜深人静。我归心似箭，匆匆打的，急急上车，一个劲儿催促司机快开快开。我无心观赏两旁昏昏欲睡的路灯，两眼紧紧盯着前面，渴望早一点看到家，看到他。突然，当路过一家宾馆时，我的眼仿佛被什么东西刺了一下，心倏地缩紧，一个身影进入我的眼帘。我以为看错了，让司机开慢点儿，揉揉眼再仔细看一下，千真万确，我丈夫搂抱着一个比我年轻的女孩子，已迈进宾馆的大门。

我迫不及待回家的心情一下子荡然无存，甚至有点厌恶昔日那个温馨的家。我独自一人在一个小公园坐了半宿哭了半宿。太阳老高了，我才拖着疲惫不堪的身子走进家门。家里空荡荡的，我心里更是空荡荡的。不知过了多长时间，震耳的关门声把我从睡梦中惊醒。他一进门，看见了我的行李，大声惊呼："你回来啦？"他的人与声音几乎是同时扑到我床上的，迎接他的不是甜蜜的微笑，而是一记响亮的耳光。他捂着脸惊慌地说："你怎么啦？"我问："你凌晨1点12分在哪里？"他说："在这张床上睡觉啊！"我说："谁能证明？"他说："我睡觉还要人证明吗？"我说："我要是当时拍下你和那个小妖精的照片就好了。想不到你竟然是条披着人皮的狼！"他又是赌咒发誓又是痛哭流涕。我只是冷冷地看着他超人的表演，这时候我突然发现，他如果去当演员定能成为大明星。我们固若金汤的爱情从此出现了不可缝补的罅隙！

一天晚上他出去喝酒，回来已深夜。进门后，他气呼呼跑到我面前，厉声责问："你今晚干什么了？"我说："在家看电视。"他抡圆胳膊照我脸上狠狠抽了一耳光，打得我眼冒金星，耳朵轰鸣。这是他第一次打我，下手这么狠，差点儿没把我打昏过去。他怒吼道："原来你是倒打一耙啊。你趁我不在家，跑出去跟别人偷情，估摸我几点回来，你提早跑回来。你忘了，要想人不知，除非己莫为。我看不见，别人还看不见吗？你可能会说别人造谣撒谎，还能几个人同时撒谎吗？"我说："我哪里都没去，一直在家。"无论我怎么说他就是不信。

那天去一座城市开会，会议之余我沿街闲逛，突然在人潮人海中，我发现丈夫与一个女孩子手拉着手急匆匆走着。我一面尾随着他们，一面拿出手机，拨他的手机，想当面戳穿他的假面具，再马上宣布离婚。手机响了，奇怪的是接电话的不是前面的丈夫，而是远在几千里之外的丈夫。我迷惑了：这是怎么回事呢？

回到家，我把这件事对丈夫说了，丈夫说哪里有这种事，要么是你看花了眼，要么那人长得太像我了。丈夫说这回你该相信我了吧。

那天，我正在办公室，电话响起，我刚拿起听筒搁在耳朵上，丈夫说："真是你吗?"我一听就来气说："难道你连你老婆的声音也听不出来?"丈夫说："我分明看见你和一个男人在一起啊,就在离我不远的地方。所以我才半信半疑地给你打这个电话。"我说:"你大概喝酒喝昏头了。"

几天后,丈夫回到家,把几张照片递到我手里,说:"你看看是不是你?"我一张一张看完,惊呆了:照片上的人不是我是谁?连那个迷人的小酒窝儿都一模一样。

有一天丈夫回来说:"我又发现了一个你。"我也忧心忡忡地说:"我也又发现了一个你。"我万分惊恐,闹不清这到底是怎么回事。

一天,丈夫回来对我说:"随着人类科技水平的不断进步,终于破译了人体基因。老的、少的、丑的、俊的……不惜耗巨资一窝蜂似的照我俩的样子克隆。所以大街上的你越来越多,我也越来越多……"

只是,我越来越分不清哪个是我丈夫,我丈夫也越来越分不清哪个是我了……

本月无偷事

○石庆滨

这是一条繁华的商业街,小偷混在人群里,屡屡得手。

一个小男孩摔倒了,一位男士看到了赶紧去扶,小偷也装作关心的样子跑过去,一倚一靠就把男士的钱夹子偷走了。小偷跑到僻处一看,偷来的不是钱夹子,而是外皮如同钱夹子的警察证件。小偷第一反应是,马上离开这个地方!

没有这样呆傻的警察,不可能!小偷怀疑自己的能力和判断,带着挑衅的心态追上男士,故意把"夹"活儿做得笨拙一些,试探性地把证件放回男士的衣兜,男士自顾东瞧西望,丝毫没有觉察。

小偷装着买东西躲进一家商店,隔着玻璃门仔细观察,才猛然想起"便衣警察"在这儿溜达好几天了。笨蛋!小偷内心里嘲笑一声,大模大样地从商店走出来。这个时候,他突然有了一个想法——从现在开始,我控制不动,看你还会在这儿待多久!小偷在暗处,便衣警察在明处,小偷和便衣警察较上劲儿了。

小偷自我控制得很好,下决心不把便衣警察骗走绝不再偷。他把有些发痒的两根手指用白胶布缠了,外人看着很像手指受伤包扎的样子。他不远不近跟在便衣警察身后,玩起了老鼠跟踪猫的游戏。

一个星期后,便衣警察在一家商店门口干起了保安。这家商店在商业街最兴隆,顾客很多,是小偷以前经常光顾的地方,也是他得手最多的地方。商店老板在门口张贴了招聘两名保安的启事，一个被便衣警察"卧底"（小偷这样认为）充当了，另一个还没人应聘。

小偷窃笑一声，大模大样地走进商店，应聘了另一名保安。小偷发现，便衣警察的眼力的确很差。有一个手法并不高明的小偷，当着便衣警察的面偷了一个妇女的钱包，便衣警察竟然没有发现。他走过去把小偷偷的钱包偷回，转移到失主身上，便衣警察还是没有发现。

小偷乐了。愚蠢的警察与聪明的小偷一块儿共事，他觉得这很有意思，他觉得很有必要把这种现状维持下去。他试探性地把自己衣兜里的几块钱放到便衣警察的衣兜里又偷回来，便衣警察一点反应也没有。

便衣警察看上去和常人没有什么区别，甚至比常人还要呆三分。他当保安的这一段日子，根本不像一个警察，而像一个进城打工的农民兄弟。他似乎很知足很快乐，整天面带笑容，看到顾客的自行车倒了他赶忙去帮助扶起，看到顾客丢了东西他赶忙去提醒……

他的真诚他的热情他的无邪，小偷有时也为之感动。最让小偷感动的是，他看到小偷"受伤"的手指，自己掏钱给小偷买了一副手套，还苦口婆心地说，这样护着伤口不容易感染，不碰不裂伤口会好得快些。小偷的眼睛湿润了。

不知不觉一个月过去，便衣警察没抓到一个小偷。那些三流的小偷倒也来了几个，窃取的东西都被当了保安的小偷偷回物归原主了。那些失手的三流小偷发觉这里有他们的同行高手，便都望而却步不再光顾。

因为"本月无偷事"，商店老板给小偷和便衣警察加倍发工资，并请他们到本城最豪华的酒店喝酒。那可是有钱人才能光顾的地方，便衣警察很高兴，小偷却有些不好意思。

商店老板吃到半截有事先走了。便衣警察有些醉意，看上去根本不像一个警察的样子。小偷今天也很高兴，靠自己双手挣来的钱跟偷来的感觉就是不一样，但他始终保持清醒的自我控制状态，他打算从此洗心革面，让过去的那些烂事永远烂在心里。说起来，还是因为眼前的这位警察让他改变了，他很想和便衣警察做个朋友。

两人一瓶白酒下肚，便衣警察突然趴在桌子上失声痛哭起来。这阵势把小偷搞晕了。便衣警察边哭边说："大哥，有些话不说心里不畅快，借着今天的酒劲，我把压在心底很久的一些烂事说给你，我想洗心革面重新做人，你不知道，那个警察证件是我当钱夹子偷来的，我也是一个小偷啊……"

渴望受罪

○秋 风

放下电话，吴局长像散了架似的一下子瘫在皮椅里。电话是儿子所在学校的校长打来的。要说校长的口气也蛮亲切客气的，只说儿子最近一次小测验的成绩有点不尽如人意，让家长配合配合……他心里明白：若不是儿子的表现太过出格，人家是不会平白无故来这个电话的。换成别的学生，班主任恐怕早把爹娘"请"到学校去了。他不一样。他若要去学校，校门口就得挂"欢迎吴局长莅临指导"的横幅……

他出身很苦，一路蹒跚走到今天，容易吗？正因为如此，他才对今天的一切格外珍惜。在单位，他勤奋得像头老黄牛，谦恭得像尊弥勒佛；而一回到家，不管身心有多疲惫，他都要一遍遍检查询问儿子的作业功课。有多少次，话到动情处，他甚至流下了热泪："儿啊，你知道爸爸那时的日子有多艰难吗？吃不饱饭，没钱买笔和作业本，笔都是用竹签削的，本子是用包装纸裁的，点的是煤油灯，爸爸常常一熬一个通宵，早晨一擤鼻子，鼻涕全是黑的，但爸爸的成绩却常常是全班第一……"儿子总是听得如痴如醉。每次讲到这里，他的鼻腔里总是弥漫起自己的眉毛头发一次次被煤油灯烤焦的煳味……他心里苦啊。就这样枯坐到快下班的时候，他突然对司机说："去接阳阳……到白鹿原小院去……"

白鹿原小院其实是个蛮朴素的农家小吃店。吴局长之所以一片苦心选这儿用餐，恐怕不全是尝尝鲜或填填肚皮那么简单。阳阳怯生生地进来了，他的笑却是那么的贴心温暖……吃着聊着，阳阳就把挨揍的危险全忘了。凉拌榆叶、酸辣醋粉、水煮蔓菁……菜一道道上着，阳阳更感兴趣的却是爸爸的讲解。说着说着，吴局长的口气就有点变了："人无论在何种情况下都要不畏艰险，知道上进才行啊！那时，爸爸才九岁，放学回来，没有吃的，熬到天黑，才摸到地里，刨开雪，挖蔓菁，蔓菁偷回来了，却没柴火，就又爬到地里去偷牛粪，然后用瓦盆煮……"听着，阳阳突然说："爸爸，放寒假你能带我回奶奶家吃一次吗？""行啊。"吴局长激动地说。儿子有学好的愿望，他咋不高兴啊。

工作固然重要，但还有比教育孩子更加刻不容缓的事吗？安排了一下工作，吴局长领着阳阳回家去了。

做奶奶的一听儿子这次回来想如此折腾她的心肝宝贝，先不乐意了，便数落起儿子："这么冷的天，黑灯瞎火冰天雪地的，你就不怕孩子感冒着凉了？"做爷爷的到底看得远，咬咬牙说："挖就挖去……"换成别人，谁敢糟蹋他田里一棵蔓菁，不把他腿打断才怪——要知道现在一棵蔓菁到夏天要收获一小碗油菜籽呢。只是牛粪有点难找，因为现在已没人家养耕牛了。但为了孙子，他还是挎个篮子，到很远的一个奶牛场去了一趟……

那天晚上，奶奶早做好饭了，吴局长却不让儿子端饭碗。阳阳早有点熬不住了，只不断催爸爸说："怎么还不走？"爸爸说天还没黑透，急什么。奶奶只一遍遍捏孙子的衣服说："天那么冷……"其实她早把自己的皮毛坎肩都套在孙子的羽绒服里了，没打灯笼也没拿手电筒，父子俩就高一脚低一脚，到油菜地去了。

地冻得像石头。即使真摸到一棵蔓菁，也挖不出来。他们只好满地搜寻着。还好，有一小片地是刚松过土的。吴局长当然明白这是谁做了手脚。正起劲地挖着，突见地头闪过一束亮光，便有人喊："谁在地里？是不是偷蔓菁的？"吴局长便给儿子说："快跑，是生产队长抓贼来了……"气喘吁吁跑回家，放下蔓菁，又去地里捡牛粪了。阳阳的手虽冻得像胡萝卜，情绪却好极了。

牛粪其实只是个摆设，奶奶终于在炉子上把蔓菁煮熟了。这份来之不易的晚餐看来真是味道不错，阳阳几乎把泡在香油和芝麻酱里的菜叶一点不剩地都吃完了。吴局长的工作虽然很忙，但阳阳却还是不想回去——因为他还没有体验爸爸讲过的上树掏老鸹蛋吃、点煤油灯看书等有趣的事呢……

依依不舍地回城去了。后来爸爸带他去饭店，一吃野菜，他总是说："还没有我奶奶做的好吃。"至于学习，却还是没太大的起色。吴局长工作再忙，也不忘启发开导儿子几句。一次正说着，阳阳突然说："爸爸，我真羡慕你，小时候那么快乐幸福……你干脆把我送奶奶家去吧……"

西山狐狸

○ 傅胜必

西山的一只狐狸有一天在东山脚下逮住了一只兔子，被一只鹰看见了。

鹰说："喂，狐狸大哥，你在哪里抓住了这只兔子？"

狐狸以为鹰想它的兔子肉吃，就没好气地说："管你什么事？"

鹰说："我认识这只兔子，它是东山上的，曾经差点儿被我逮住过。不信你看，它的屁股上有一撮很明显的黑毛。东山是别人的地盘，不是你能去的。你怎么会抓住它呢？"

狐狸得知自己抓的是一只东山的兔子，有些得意，便信口答道："叫你说对了，这的确是一只东山的兔子，是我的一位东山的朋友送给我的。"

鹰说："你的这位东山的朋友真好，能告诉我它是谁吗？"

狐狸说："大名鼎鼎的东山老虎，你该认识吧。"鹰不再说什么，心想，东山那只老虎才来不几天，西山的狐狸就跟它交上了朋友，这狐狸真是鬼精灵。

过了几天，西山的山大王豹子找到狐狸，说："现在有一件事需要请你出面。"

狐狸一听豹子竟然有事要请它出面，又有些得意了，忙问："有什么事，您只管说吧。"

豹子说："听说东山新来的那只老虎跟你是好朋友？"狐狸迟疑了一

下，心想，告诉它我有一位老虎朋友，也省得它以后随便欺侮我。于是说："嗯，关系还可以。"

豹子又问："听说它还送过你一只兔子？"

狐狸心想一定是鹰告诉豹子的，只好说："有那么回事。"

豹子说："好，这说明你们的关系非同一般啊。这事只要你出面，估计不成问题了。"

狐狸预感到一定是麻烦事来了，但也只能硬着头皮接受了。它问道："到底是什么事呢？"

豹子说："东山的老虎要把我们西山也划入它的势力范围。它随时都有可能到西山来捕杀你们。我通过东山的山神跟老虎交涉，答应每半年给老虎朝贡一次，条件是它不能踏入西山的范围。但老虎不依，它要我们每一个月进一次贡。我想请你出面跟你的好朋友老虎说说，哪怕让步到三个月进一次贡，也使我们西山的生灵少些牺牲呀。"

狐狸一听大惊失色。它的一句谎言、一点虚荣心竟然惹下了如此大祸。这一去，它还能生还吗？但是，如果不去，豹子又能放过它吗？这时候，豹子已经来到了它的面前，拍拍它的脑门儿，说："狐狸先生，去吧。东山的野狗就在山下等着你呢。"

狐狸已经身不由己了，只好跟着豹子下了山。果然，东山脚下有几只野狗早等在那儿了。于是，狐狸被野狗们胁持着上了东山。

豹子看着远去的狐狸，叹了一口气，自言自语地说："这头一个月的贡品送去了。下一个月又送谁呢？"

跑·笑·哭

○刘永飞

刘伯通出了车祸。他醒来时，儿女们正在床前垂泪。刘伯通看着空空如也的裤管，大嘴一咧，笑了。

应该说刘伯通出生时和别的孩子没什么两样，所不同的是他 8 个月就会跑了。请听好了，我用的关键字是"跑"，也就是说，刘伯通是从"跑"开始自己的真正人生的。

8 个月的孩子会走，已是罕见，而刘伯通的跑着实让人惊讶。人们只要看到这个"噔噔噔"满地跑的孩子，准会感慨地说："这孩子，8 个月都会跑了，长大一定差不了。"

7 岁那年，刘伯通入学了，不到半晌，全校都知道他了。他们满眼里都是一个胖乎乎的小男孩在校园跑来跑去。

开始，老师觉得挺好玩，时间久了，次数多了，老师就不耐烦了。于是，刘伯通的父母被喊到学校。于是，刘伯通开始出入大大小小的医院。而检查结果很让父母失望，因为所有的医院都说孩子"指标"正常，就连最有可能的多动症也被推翻了。因为刘伯通坐着或站着时跟常人没什么两样，就是不会走，一走就跑。

父母多希望能给孩子查出个什么病来，查出病来倒能说明孩子正常，某种机能缺陷而已嘛，可以治疗，可以给人解释。现在不行了，你这个样子，没毛病说明你有更大的毛病，就是个随时让人侧目的怪物。最后，无奈的父母，只能继续让刘伯通上学，他们告诫刘伯通，没事你就待在教室，千万别乱"走"。

刘伯通是个听话的孩子，他除了上厕所和上下学，基本上在自己的座位上不动弹，而不动弹的结果反而让人觉得他更怪。

就这样，刘伯通在孤独的气氛里以优异的成绩考入初中。开学第一天，他被叫进校长室，校长看着他的档案严肃地对他说："我们学校是重点中学，希望你不要出什么乱子，否则……"校长没说下去，让刘伯通出去了。

一天，市领导来学校视察，他看见一个上体育课的学生总在队伍里跑，别人走他小跑，别人跑他大跑，很与众不同。市长感慨地说："现在的孩子真调皮啊！"陪同的校长无语，一脸阴郁。整个中学结束，刘伯通再没上过体育课。

接下来，刘伯通的一生，一直跑着度过：跑着烧锅炉，跑着相亲，跑着带孩子，一直到跑着退了休。

刘伯通退休后不久，老伴儿病逝。当年，老伴儿不嫌他的怪异，顶着父母的巨大压力和他成了亲。为感谢老伴儿，他用他特有的方式——跑，来为老伴送行。那天，他一口气跑了20里，把老伴儿的骨灰抱到公墓时，人都要虚脱了。

老伴儿去世了，他不得不抛头露面。当他跑着去菜场的路上和公园门口晨练的邻居打招呼以后，一个老邻居悄声议论："那个老刘啊，黄土都埋到下巴了，还在跑，你说他一辈子累不累呀。""我看未必，这么大了，还小青年似的跑，不就是想装嫩，来引起李大妈的注意嘛，你想想，他老伴儿才去世几天哪，就忍不住寂寞了。"另一个老伙计揶揄地说。

刘伯通出院了，是儿子用轮椅推回来的。邻居们用前所未有的温情来问候他。刘伯通看着亲人般的邻居们，大嘴又一咧，哭了。

眼 光

○肖建国

西城虽小，却出了两位名人。

一位是靠做生意发家的王老大，一位是在书法界赫赫有名的柳佰通。

王老大经商眼光独到，短短的几年内就从一个小档口发展到如今固定资产上亿元的大公司。新的办公大楼落成后，王老大就想请柳佰通为公司题名。可王老大知道，柳佰通除了能写一手潇洒纵横、气势不凡的好字外，他还比较清高，一般的暴发户是瞧不入眼的。自己的公司若不请柳佰通题字，肯定会惹众人耻笑。若亲自登门，又怕遭拒绝。思来想去，王老大心生一计，忙叫助手从后院里搬来一瓮米酒，然后修书一封，送到了柳佰通的家里。

柳佰通的儿子柳如看到那瓮米酒，差点就要扔到垃圾堆里。

"真是狗眼看人低，那么廉价的酒也拿来送人，把我们当成叫花子啊。"柳佰通没有吭声，双眼盯着那瓮米酒。那个瓮也确实难看，大肚不圆，瘪着个嘴，颜色也不鲜亮，还有许多毛刺，像个龇牙咧嘴的怪物。柳如说："爹，他看不起你，你也不要尊重他，这字由我来写，搪塞一下吧。"说完就铺开宣纸，取出大狼毫，三下五去二地把王老大要的字写了下来。

趁柳如写字的工夫，柳佰通打开瓮的封口，用小勺取出一点酒来。那酒一入口，顿觉酱香突出，辣中带着甜，甜里藏着绵。咂舌细品，酒体醇厚，幽雅细腻，回味悠长。这酒的质量绝对不亚于茅台。霎时，柳佰通明白了王老大是在暗递信息：任何东西都不能以外表来判断好坏，做人各有各的风格，只要有一颗甘美醇厚的内心就是优秀的。柳佰通忙让柳如也过来品尝一下，柳如只喝了一口也称好酒。"怎么办，你重新写一幅？"柳如问父亲。"不，他能考验我，我也要考考他。"柳佰通微笑着把儿子写好的字折叠起来装进了大号信封，写上地址，让儿子投到信箱里去。

再说王老大把那瓮酒送出去后，心里就忐忑不安，不知其结果如何。过了三天，王老大收到了柳佰通的回信，助手们听说后，都纷纷围上来观看。王老大拆开信封，慢慢地展开宣纸，差点没把大伙儿鼻子气歪。那几个"王老大实业有限公司"写得既无力也无神，随便找个人也比这写得强。大伙儿把柳佰通一顿臭骂。王老大心里也一片冰凉，他叹息一声，一屁股坐到了老板椅上。忽觉得屁股底下有硬物，他摸出来一看，正是那个撕开的大号信封。王老大怔了怔，忽然对助手们说："就用柳佰通的字，快叫广告公司准备，按时揭幕庆典。"

助手们不知王老大葫芦里卖的什么药，一致认为他崇拜名人崇拜疯了——这样的字也敢挂？揭幕仪式那天，公司门口围得水泄不通。大红的绸缎将招牌包裹得严严实实。柳如听说王老大用了自己的字，真是又惊又喜，惊的是王老大那么没眼光，喜的是自己这次可出尽了风头。柳如便请求父亲一同去看，柳佰通爽快地答应了。

中午时分，在人们期待的目光中，红绸缎被王老大慢慢揭开，顿时，会场一片欢呼，那招牌上的字写得铁画银钩，点横竖撇，如烟霏雾结，若断还连。间架之功，遒劲自然，笔法精致，有血有肉，有筋有骨，站得直，立得稳，真有一种"龙跃天门，虎卧凤阁"的风采。

柳如愣了，这的确是父亲的笔迹。王老大的助手们也糊涂了，他们都把狐疑的目光投向了柳佰通。柳佰通呵呵一笑，握住王老大的手说："你呀，真是一个有眼光的商人，佩服啊佩服。"

原来，王老大采用的是柳佰通亲自书写在信封上的字。

让飞刀飞

○于心亮

蟋蟀跟张龙打了一架，没打过，头被张龙坐在屁股底下，许多同学都来围观。蟋蟀很屈辱，说，张龙，你给我等着，我早晚收拾你！张龙满不在乎，说我等着。你不收拾我，你就是我儿子！蟋蟀恶狠狠吐了一口带血的唾沫，说，好，咱们走着瞧！

从此以后，蟋蟀就开始练飞刀。手里的飞刀飞来飞去。

班长李芸没收了蟋蟀的飞刀。蟋蟀转身又掏出一把飞刀继续练。李芸很生气，说蟋蟀你再这样，我告诉老师去。蟋蟀满不在乎，说你告诉校长又怎样，想吓唬我啊？说完就将飞刀向一棵树抛去，但没扎到树。蟋蟀红着脸，很尴尬。

李芸没有告诉老师，也没告诉校长。她和蟋蟀约法三章，不准扎学校的门窗，不准扎学校的同学，不准扎张龙。蟋蟀很给面子，前两条都答应了，唯独第三条，不答应，说我为啥练飞刀？

不就为在张龙的身上扎个窟窿吗？

李芸低声说给个面子，我当班长期间别给我惹麻烦。难道你希望看到我灰头土脸地下台吗？蟋蟀挠挠头，想到李芸平时跟自己关系不错，就点点头说好，我给你面子，不过你不准阻拦我练飞刀！李芸也点点头，说好！

于是，蟋蟀弄了块木板，绑在操场边的树上，闲着就嘿哟嘿哟练飞刀。张龙不屑一顾，挑衅地站到蟋蟀面前，敞开衣服，用钢笔在胸口上画了个圈儿，说你朝这里扎，能扎个十环算你有本事！

蟋蟀朝地上吐口唾沫，说张龙，你别得瑟，我现在是看在李芸的面子上。等她不干班长了，我一飞刀扎你个透心凉！张龙就笑，笑得嘎嘎的，说你看在李芸的面子上？我现在就让李芸下台，让你早日实现自己的复仇目标！

张龙找到李芸说，李芸，你能不能先卸任一段时间？李芸翻着白眼说，张龙，你脑子是不是有病？我干得好好的，卸什么任啊？张龙说，蟋蟀在练飞刀，你不知道？身为班长，你为什么不阻止他？如此不作为，是不是渎职啊？

李芸指着张龙的鼻子说，好啊，既然我渎职，你咋不跟班主任举报我呢？别以为你躲在厕所里抽烟我就不知道，实话告诉你张龙，我是给你留着面子呢！

张龙赶紧说，李芸，我跟你开玩笑，你怎么急眼了呢？

李芸低声说，明枪易躲暗箭难防，你要防着蟋蟀的飞刀！张龙满不在乎地说，蟋蟀不敢拿飞刀扎我——那是犯法！李芸冷冷地说，蟋蟀一旦练好了手艺，他不朝你飞刀，暗中往你脑袋上拍一板砖，你知道是他干的吗？张龙听了，半天没敢言语。

蟋蟀练习飞刀，进步神速，"嗖"一下就能扎着木板，他很满意。李芸却是满脸忧郁直摇头。蟋蟀说，你别怕，我不会给你惹事的。李芸说，木板是死的，可人是活的。蟋蟀说，你的意思……是要我练活靶是吧？李芸掉头就走，瞎说什么！

蟋蟀觉得李芸说得有理，就从垃圾箱捡来个塑料模特，贴上张龙的名字，然后挂在树杈上，风一吹摇摇晃晃的，蟋蟀就拿着飞刀练习，目标的确不容易扎……但蟋蟀很刻苦，他鼓励自己一定要练好飞刀。

张龙还是会看蟋蟀练飞刀。每次扎中他还鼓鼓掌。蟋蟀拿着飞刀比画着说，张龙，如果不是因为答应了李芸，我现在就能扎着你，信不信？张龙满不在乎地摇头说，不信。

班级里正组织文艺节目，李芸说，蟋蟀，你练飞刀这么久，我觉得你应该上去展示一下，灭灭张龙的威风。蟋蟀听了点点头，说，我的确要让张龙开开眼，让他知道我的厉害！

回头李芸找到张龙，说蟋蟀打算表演飞刀，你有没有胆量上去？张龙说这有啥呀？谁不知道我张龙胆量过人啊！李芸斜着眼睛说你真的不害怕？张龙说我经常看蟋蟀练飞刀，对他的技术早已了如指掌，有什么可怕的？李芸就点点头，说，好。

演出的时候，张龙手里点着一支烟，蟋蟀让飞刀笔直地飞过去，嗖一下将张龙手里的烟头扎掉了……场下顿时响起一片掌声，带头的就是李芸。蟋蟀和张龙搓着手，不知往哪里放才好似的，在大家的掌声里，两双手不由自主地握到了一起。

高考结束了。蟋蟀考上了军校。张龙考上了医学院。蟋蟀依旧练飞刀。张龙悄悄地将香烟揉碎扔掉了，他说既然学医，就要有个当医生的范儿。

应该说说李芸，她考上了师范学院。

蟋蟀和张龙，都没觉得奇怪。

谁是徐闯

○ 徐　闯

首先自我介绍一下吧，我叫徐闯，生于 1985 年 6 月 13 日，现在是一所普通的大学里一个普通的学生。我的业余爱好有两个，一个是上网玩网络游戏，一个是打牌。网络游戏我只玩梦幻西游，打牌我只打升级。

一个星期天的中午，我还赖在床上睡觉，突然被人拍了一巴掌，我以为又是宿舍里那个无聊的小子高刚找碴儿，连眼也没睁就张口骂了一句，谁他妈打我？过了好一会儿，没有人搭腔，我感到有些奇怪，高刚这小子平常就喜欢找碴儿和别人吵架，现在怎么这么老实了？我睁开眼睛看了看，啊！竟然有一个十足的大美女站在我床前笑眯眯地看着我呢。我慌忙拉了拉被子，盖住我露在外面的胸毛。

我问美女："你……你找谁啊？"

美女莞尔一笑，说："我找徐闯，请问他在吗？"我心里一阵狂喜，连忙说："我就是徐闯。"

"我就是徐闯。""我就是徐闯。"……

我很奇怪，在宿舍里不应该有回音的啊，怎么一下子有那么多句"我就是徐闯"？

抬头一看，宿舍里另外五个小子都在床上躺着，抻长了脖子往我这里看呢。我顿时明白了，回音是他们发出的。这几个小子和我一样有个臭毛病，见了美女就挪不动步。

美女一脸迷惘，她说："怎么一下子有这么多徐闯？你们到底谁是徐闯啊？我找他有事呢。"

嘿，这美女找我有什么事啊？会不会是看上我了？我心里又是一阵狂喜，说："我真是徐闯。"说完，我紧张地看了看宿舍的另外五个人，嘿，他们真让我失望，一张张嘴像鱼一样张开了，又吐出了和我一样的话。

晕，这几个小子今天存心坏我的好事啊。要不是有美女在，我早就跳将起来，每人给他们一脚了。

美女有些急了，她说："你们都说自己是徐闯，我又不知道你们到底谁是徐闯，那我就问你们几个问题吧，你们谁能说上来，谁就是徐闯。"

我们异口同声地说好。

美女说："徐闯平常上网的网名叫什么？"

六个声音答道："叫'二十岁，枯萎'。"

显然，他们说的都是我的网名。

美女又问："徐闯平常喜欢做什么？"

六个声音答："上网玩网络游戏、打牌。"

美女有点急了，说："那徐闯平时什么时间上网？"

还是六个声音回答："每个星期的一、三、五晚上通宵打牌，二、四、六晚上通宵上网玩游戏，星期天一天一夜睡觉。"

我开始着急了，我想，这美女怎么这么傻，她问的问题别说我们宿舍就是我们全班都能回答出来，因为我们平常的生活基本上都是这样的。

美女更加不耐烦了，她加大了声音问："昨天徐闯在通宵上网的时候发生了什么事？你们一个一个回答，不要一起说！谁知道谁就是徐闯！"

于是，从一号床的阎胖子开始，我们一个一个开始回答，大家的答案大同小异，不外这样的意思：徐闯昨天在网吧通宵玩游戏的时候，错把白酒当饮料喝了，喝醉后开始闹事，还把网吧的老板给打了，他像疯了一样，谁拉他他揍谁。

美女听了，不怒反笑，她说："听你们说的像你们都亲身经历过似的，但我还是不知道谁是徐闯啊？你们发誓你们说的话都是事实吗？"

　　我们六个抢着回答："我发誓！"

　　美女接着说："好吧，既然如此，你们起床后都到我办公室来一下吧。学校最近正在抓夜不归宿的同学，你们几个竟敢顶风而上，我保证够你们受的。对了，忘了告诉你们，我就是你们新来的辅导员！"

　　啊！

　　我们一个个目瞪口呆。美女笑着要往外走，在她就要拉开宿舍门出去的时候，隔壁的崔凤鸣推门走了进来，美女一把推开他，大步走了出去。崔凤鸣大吃一惊，问我们："这个美女是谁啊？她来这里干吗？"

　　阎胖子回答："来找徐闯的。"

　　崔凤鸣听了之后，眨了眨眼睛，快步跑了出去，冲着美女的背影喊道："我才是徐闯呀！"

瓷

○余显斌

瓷爱笑，一笑，甜津津的，小雨一样滋润着人心。

民，是瓷的老公，建筑公司的老板。每天，民下班回家时，瓷都会站在阳台上张望。阳光照在身上，瓷洁净如一尊瓷，一尊庄重的青花瓷，江南的青花瓷。这时，民在车里笑了，按一声车喇叭，嘀——

瓷就招手，头发在风中飘飞，如一团蓬松的乌云。然后，匆匆转身跑下楼去，接过民手中的包，叽叽咯咯，又说又笑，撒下一路三月的小雨。

在小雨的滋润下，民浑身轻松，如一棵树，青枝绿叶。有时，民会说一声："傻丫头，嘻嘻哈哈的，像个孩子。"瓷听了，对民的"傻丫头"这个称呼感到很新奇，搂着民的脖子就是一个吻，说："你像我妈，张口闭口喊我傻丫头。"说得民哭笑不得，狠狠捏一下她秀挺的鼻子，去观赏古玩去了。

瓷呢，忙进了厨房。饭虽做得不好，可她就要亲手做，不让请人，以她的话说："我要做一个称职的家庭主妇，上得厅堂，下得厨房。"

民听了，只笑，心说，一时新鲜，久了就腻了。

谁知，瓷却并不腻。认认真真，看着烹饪书籍，渐渐烧出一手好菜。民在结婚之后，也渐渐有了大肚腩。他的生意，跟他的生活一样，风生水起，一路畅通。

一日，民回到家，突然想起一件事，马上打开手机，拨了一个号，叻

90

咐道："这项工程，你要计算好钢筋水泥用量，能少用的不多用，能不用的尽量不用。"

那边，不知回了句什么话，民不高兴了，大声道："放心，出事了有我顶。什么？我顶不住？我顶不住还有王市长——你只管规划设计，听我的。"说完，挂了手机。

瓷在隔壁，端着一碗鱼汤，手无来由地一颤，汤泼了出来。她默默摆好饭菜，喊民吃饭。

吃完饭，民走了。

晚上回来，瓷仍在阳台上望着，仍下去迎接。民回来了，手上拿着个盒子，打开，是一件工艺品：木雕观音。民喜欢收集工艺品，什么青瓷铜器木雕，无所不爱。拿着木雕，他兴冲冲地来到收藏架前，准备放木雕，没注意，衣袖一绊，一件青花瓷和一件青铜器落下来。

青花瓷碎了，青铜器完好无损。这是民最爱的两件东西，民心疼不已，道："怎么可能？怎么轻轻一碰就落了？"

瓷走过来，捡起青铜器，幽幽叹一声："这瓷不结实，易碎；要像青铜器一样就好了。"

民望望她，没有说话。

"一座楼房，要像这瓷一样，一碰就碎，那损失就大了。"瓷仍轻言细语。

"什么意思？"民问，回过头，望着瓷，"这是你故意放的？"

瓷点点头，是的，自己故意把青花瓷和青铜器放在古玩架边上，一半在架上一半悬空。另外，她告诉民，自己也已经把民的楼房设计规划告诉了城建局。

"你——"民掉转头，面向瓷，狠狠地瞪着。然后一言不发，转身下了楼。不一会儿，楼下的车"呜"的一声走了，消失在夜色中。瓷站在那儿，泪缓缓滑过面颊。

民在公司住下，半年，都没回家。

每一天，瓷都站在楼上，等民回来。可是，望尽黄昏，华灯初上，再到夜阑人静，也不见民的身影。瓷，在夜色中站成孤独的一撇影子。

那天，已是黄昏，瓷在家里无聊地坐着，突听"嘀"的一声，车喇叭响了。瓷一惊，站起来，忙跑下楼去。民站在面前，手上戴着手铐：民的一栋楼垮了。被捕时，他提出了一个要求：回家，和瓷道别。

民望着瓷。这一刻，他发现，自己弄垮的何止是一栋楼啊？还有生活，还有爱情，还有他最爱最爱的瓷。夕阳下，民的脸上，滑下一滴滴眼泪。

瓷的脸上，也滑下一滴滴眼泪，使得瓷更像一尊瓷了，典型的江南青花瓷。她说："民，去吧。记着，阳台上，每个黄昏都有人在等你回来。"

民流着泪点点头，转过身上了车，走了。

瓷站在黄昏里，喊声："民——"黄昏的风灌满了她的嘴，风吹着她的头发飞啊飞的，飘成了一团蓬松的乌云。

钱包里放张美人照

○米　丘

　　小姜在超市里捡到一个钱包，打开一看，里边有五百多元钱，便心花怒放，这钱够他到酒馆里过几次酒瘾了。他再一检查，发现里面还有一张纸片，通讯录上边写着钱包主人的家庭住址和姓名，名字颇为高雅，叫梅映雪。更令人惊奇的是，钱包里还有一张美女照片，照片上写的是女主人的名字。只见她眉如翠黛，眼含秋水，整个面容好似那迎风含笑的桃花！

　　年近三十的小姜至今仍然打着光棍儿，早就想找个媳妇儿成家，无奈与美女无缘，至今还没遇见中意的。好哇，好哇，今日捡到钱包，真是巧遇良缘，天上掉下来个林妹妹。小姜暗自寻思：如果把钱包给美女送回去，我这种高风亮节，岂不感动了她的芳心？小姜越想越高兴，赶紧回家穿上唯一的一件名牌西服，又到发廊理了个很时尚的"酷头"，将自己从头到脚精心修饰了一番，按钱包里的家庭地址，满面春风地寻了去。

　　来到一栋楼前，小姜按响了一户人家的门铃，随着"吱呀"的开门声，一位老太太站在门前。老太太已经六十多岁，一张布满皱纹的脸好似核桃皮。老太太张开缺少牙齿的嘴，跑风漏气地问："先生你找谁呀？"

　　小姜以为这位老太太是照片上美女的妈，便有礼貌地笑着说："我找梅映雪小姐。"

　　"你找她有事吗？"

　　"我捡到她的钱包，来送还她。"

老太太笑着说:"谢谢。我就是梅映雪。"

"你……你说什么?"小姜惊得张开了嘴巴,就像老和尚的木鱼——合不上了。他愣了半晌说:"咋会是你呢?照片上的可是一个妙龄姑娘、花季少女呀!"

"那是我四十年前的照片,当然年轻啦。"

"那……你为啥把年轻时的照片还装在钱包里呢?"

老太太说:"因为现在我老了,经常丢三落四。我只好把我当姑娘时的照片装进钱包里,这样,年轻小伙儿捡到钱包,都会像你一样给我送回来。即使被老年人捡到,也总会让他们的儿子给我送回来。"老太太说完,哈哈大笑。

巴　掌

○孙成凤

　　罗庄村的罗大鸟五短身材，偏偏长了一双葵扇般的大手。罗大鸟走起路来一双大手左扑右扇，像一只怪鸟做短距离的滑翔，于是，就得了如此外号。罗庄人有一句俗谚："人无外号不发家。"可罗大鸟这个外号从十几岁被人叫起，一直喊到三十多岁，偏偏就是没有发起来。除了每年跟着村上的建筑队到城里工地搬砖和泥外，罗大鸟连顿像样的饭菜都没吃过。每天晚上，罗大鸟躺在被窝儿里，翻来覆去地看着一双大手：日积月累的劳作，掌内长了一层厚厚的老茧，硬硬的像套着铁甲，要多难看有多难看。罗大鸟又羞又恼，把床铺拍得山响，恨不得把一双手给剁了。

　　一天上午，工地停电，民工们三五成群地到城里逛商店、看录像。罗大鸟不去，他喜欢逛车站。车站里总是出出进进许多妖艳的女人，经过旅途劳累，这些女人往往顾不上装束，常常衣衫不整地露出胸脯或腰间白生生的肉来。罗大鸟只需在车站内转上几圈，就能一饱眼福。这天，罗大鸟走进车站时，不见了往日的景致，却发现站前小广场上站着两排官模官样的人，边上一位少女手捧鲜花，好像等待重要人物下车。罗大鸟捞不到眼福，失望地正要离去，突见人群一阵轰动，少女上前把鲜花送给一位头发倍儿亮的男人。于是，那些官模官样的人就稀稀拉拉地拍起巴掌，有气无力的样子。罗大鸟也不由自主地随着拍起来。他掌大有力，一声连一声地很响，如同燃放的一串爆竹，在车站广场上回荡。头发倍儿亮的人物眼睛一亮，丢开众人，一把抓住罗大鸟的手，反看正看，端详良久，然后高兴地握着罗大鸟的双手，说："好！好巴掌！你能再拍几下吗？"

罗大鸟受宠若惊，说话就乱了章法："行！俺天天拍都行，你只要管俺饭、给俺钱！"

罗大鸟本意只是说着玩的，拍几下巴掌有啥，还能向人家要吃要花？没想到这人竟一口答应了，对跟在他身后的一个戴眼镜的人说："把他安排在会务组。人尽其才嘛，专门让他在一些场合拍巴掌。"

当天晚上，小城给头发倍儿亮的男人举行欢迎会。当主持人宣布"让我们以热烈的掌声……"时，罗大鸟挺身而起，如同鸭子亮翅，双臂齐挥，使劲地拍起巴掌，掌声犹如房顶的炸雷，声声响亮干脆。继而又如飙风掠树，忽而又成雨溅屋瓦，拍得酣畅淋漓，使整个欢迎晚会有声有色，让所有的人都心旷神怡，满面春风。

罗大鸟的巴掌一鸣惊人，通过电视，一夜之间响遍整座小城。从此，不管是开业仪式、庆功大会还是别的场合，凡是那位头发倍儿亮的人出现的地方，都有罗大鸟紧随身后，都会不断地响起那震耳欲聋的掌声。罗大鸟每天吃香喝辣，原本干瘪的肚子慢慢地挺起来，加上一身挺括的装束，走起路来两臂摆动，竟不见了过去的怪鸟模样，俨然一派绅士风度。

又是一个需要掌声的场合。当主持人宣布："让我们以热烈的掌声……"后，罗大鸟又使劲拍起巴掌。可是，尽管罗大鸟拍得起劲，满头大汗，可会场上就是没有产生往日那裂帛般的掌声，罗大鸟的掌声显得苍白、绵软，像一双打瞌睡的眼睛。罗大鸟看到主席台上头发倍儿亮的那个人向他瞪圆了眼睛，目光似炬，烧痛了他的巴掌。可是，如同功力尽失的武林高手，罗大鸟越是使出浑身的力气，越是咬牙发力，那巴掌就越是发不出声音。末了儿，竟像表演哑剧，只见巴掌飞快地起落，就是听不到一星半点儿的声响了……

当天，小城传出消息，那位头发倍儿亮的男人因为好大喜功，在选举大会上没有通过。他离别小城前，专门把罗大鸟叫来，仔仔细细地研究了一番罗大鸟的巴掌：原来，罗大鸟巴掌上的厚茧早已消失，一双大手变得绵软无力，根本拍不出绕梁三日的声音了……

我欠王鸽一枚蛋

○吴万夫

　　几年前，我结识了一位朋友，叫王鸽。至于我是如何结识王鸽的，并不重要。重要的是，我生了一场怪病，需要讨一个双黄蛋做药引子，这个双黄鸡蛋是王鸽帮我找到的，于是我们便成了好朋友。

　　我的这位叫王鸽的朋友，在一家影视公司工作，结交了不少人。这些人有生意场上的，也有官场上的，还有不少是文化界的精英。成为好朋友的我们，便经常一块儿出入一些重大场合。譬如朋友们的聚会，譬如某局长的宴请，等等。在这些场合，我的朋友王鸽每次向客人们介绍我时，总不忘拿双黄鸡蛋的事做开场白："这是我的朋友崔三，刚从小镇上走出来的。前不久，他生了一场怪病，四处找双黄鸡蛋做药引子。这是一种很奇特的药引子。在此之前，我哪儿听说过鸡蛋还有双黄的呀！你想想，这种鸡蛋是那么容易找到的吗？后来我下了九牛二虎之力，费了老鼻子的劲儿才帮他搞定了……"

　　王鸽每次说完这件事时，我便赶紧毕恭毕敬地向在座的各位，介绍王鸽帮我找双黄鸡蛋的详细过程。听的人聚精会神，鸦雀无声，肃然起敬。末了儿，便一齐举杯，和王鸽的杯子咣当一声碰在一起。

　　开始的几次，王鸽每次向客人们介绍这件事时，我的心里还澎湃着对王鸽的感激之情。再后来，随着次数的不断增加，我便有些疲了，累了，厌倦了。我突然觉得我成了杂技团的一只小狗，我再也不愿陪王鸽四处

"演出"了，我再也不愿配合他的每一个手势和动作了。王鸽再向客人们介绍这件事时，我也只是勉强地、象征性地敷衍几句，实在不愿意多提及此事。毕竟，这件事情于我，并不是一件十分光荣的事情。

我开始有意疏远我的这位朋友王鸽。

其实，我疏远王鸽，并不是一件十分容易的事情。

王鸽后来找到我，闲聊中故意对我旁敲侧击："崔三呀崔三，一个人无论走到哪儿，都不要忘记当初帮助过他的人！"

王鸽的朋友，后来在路上见了面，也不忘对我进行"素质教育"："哎呀！我说崔三，最近怎么没见你和王鸽在一起呀？人哟，千万不要'吃了果实忘了树'呀！"

我觉得，我是再也走不出王鸽的阴影了。或者说，王鸽和我的影子紧紧地纠缠在一起，重叠在一起，离开他就像割自己的尾巴一样。

我不就是欠了王鸽一枚鸡蛋吗？

我用加倍的努力偿还给他就是了。

我知道王鸽这种人得罪不起，只得又和他走在一起。

我和王鸽又走在一起。我对他唯唯诺诺。出门我甘愿为他拎包，进饭馆我抢着尽"地主之谊"，乘公交时我主动向投币箱里投钱。王鸽对此仅只是咧嘴一笑。

人多的场合，王鸽仍不忘向各位客人讲双黄鸡蛋的故事。我的心里突然烦得要命，表面上虽然对王鸽说着感激的话语，但胸腔里却抑制不住一股怒火。我突然感到，我这一生，怕是怎么也报答不了王鸽的一枚双黄鸡蛋的情了！

我用生命偿还王鸽的机会还真来了。那天夜晚，我和王鸽走至一条小巷里，猝然遇见了几个蒙面抢劫的歹徒。一把刀，刺向了王鸽，我奋不顾身地冲上去，挡住了王鸽，那一刀，便深深地插进了我的右肋下……

冥冥中，我睁不开眼睛，使劲儿睁也睁不开。我的躯壳已不再属于我，我的双腿轻飘飘的。我像万花丛中的蝴蝶，在空中飞呀飞，怎么也找不到回家的路……我感到很累很累，我后来稍微有些知觉的时候，发现自己仿佛置身于白色的海洋里。四周摆满了花圈，在我头部上方的墙壁上，还悬挂着一幅黑色的条幅挽幛，上书一溜儿白色的大字：沉痛哀悼见义勇为英雄崔三同志。我这才发现自己躺在用两条板凳支起来的木板床上。我的身上盖着一块白布，上面撒有很多鲜花。我看见有许多人进进出出，有政府官员，有新闻记者，当然还有我的朋友王鸽。他们个个庄严肃穆，表情木然，脚步轻轻地来到我的身边，一个挨一个，虔诚地对我鞠躬，秩序井然。

我在脑海中苦苦思索了许久，才恍然想起那个夜晚发生的事情，这才明白自己是躺在灵床上，这些人都是来向我作遗体告别的。

我蒙蒙看见有两个记者模样的人，在那儿小声嘀咕。一个说："唉，崔三这人，为了朋友真是两肋插刀啊！"另一个说："就是就是。崔三如今被定为英雄人物，也真是死得其所了！"

我再次努力搜寻王鸽，王鸽正蹲在一边，咧开大嘴，抹泪数叨："崔三呀崔三，人活百岁，终有一死。早死早托生，你就安安心心到那边去吧！只是到了那边，你别把我忘了，是我成就了你的英雄美名……"

我听到这里，再也抑制不住自己愤怒的情绪，积攒浑身的力气，只听"嘣"的一声，我从临时搭起的木板床上，直挺挺地坐了起来！看见的人都被这突如其来的场面惊呆了，等明白过来是怎么回事后，都抱头四散。整个灵堂一时慌乱不堪，大家匆忙逃奔，杂乱的脚步践踏过花圈，纷纷夺门而逃。

大家边跑边惊慌失措地叫嚷："不好了！不好了！崔三诈尸了！"

只有我还直挺挺地愣怔在那里，不知如何是好。我清楚地意识到我又活过来了，我从死神的怀抱里又侥幸捡得一条命。

接下来的事情，就是我该考虑如何继续努力报答王鸽了……

名人老赖

○伍维平

一夜之间，老赖成了本镇名人。成为名人的原因极其简单而且怪异——他的长相竟然像新来的镇长。

这个消息来得迅雷不及掩耳，老赖对此毫无心理准备。当时新来的镇长正在镇里的有线电视频道发表施政演说，坐在客厅里的老伴儿忽地一声咋呼，吓坏了正从洗澡间出来的老赖。老赖忙问出了什么事，老伴儿手指电视，脸色煞白，瞠目结舌。老赖一瞅电视屏幕，也立即傻了眼。他看到了另外一个自己，以鼻子为圆心，辐射到眼眉嘴及脸型，简直就是一个模子里倒出来的复制品。

老赖一头雾水，想来想去不得要领，只好马上致电在家颐养天年的父亲，问自己是否有一个从未谋面的孪生兄弟。老人破口大骂他是不肖之子，气得当场摔了话筒。这回老赖真的对自己有意见了，他想自己只是一名卑微的小职员，拿区区几百元的薪水，守着老婆孩子过本分日子，有什么资格像镇长大人呢？像谁不好偏要像镇长大人呢？镇长是谁愿意像就随便可以像的吗？老赖知道麻烦来了。

消息很快传遍全镇，男女老少都知道了老赖与新来的镇长长相惊人相似，于是老赖毫无争议地成了本镇名人。认得他的人叫他刘镇长，不认得他的人当然更叫他刘镇长。熟悉的人无论怎么叫都是玩笑，可以一笑了之。不熟悉的人就不同了，那态度，那表情，那语气，分明让老赖得到了一种高人一等的陶醉感。但老赖立即被自己这种奇怪的感觉吓坏了，他是个胆小怕事、安分守己的人，跟镇长井水不犯河水，八竿子打不着。像不像镇长有什么关系呢。

然而，这种事情几乎每天都要发生几起，使老赖疲于解释和应付，偏头痛频频发作，随即又添了小便失禁的怪毛病，搞得老赖整天不得安宁，有时简直想一头撞死了事。但老赖不知道，倒霉的事还在后面。

具体地说，就是那次所谓的"冒充镇长行骗事件"。老赖做梦都没有想到，他有生之年还要犯牢狱之灾。虽然只是蹲了两天局子，但与坐牢也八九不离十了。

那天下午，老赖去参加一位朋友儿子的婚宴，刚步入宴会厅，几百只瞪圆了的眼睛立马照射到老赖身上，接着又响起了如春雷般响彻长空的掌声。老赖一惊一乍，冷汗嗖嗖湿透了背脊，差点昏死过去。朋友紧紧握住老赖冰凉的手，一口一个感谢"刘镇长"，并敬请"刘镇长"做证婚人。老赖一时气急败坏，刚要破口大骂，朋友却悄悄劝他给个面子，说不过增添一点喜庆气氛罢了，又不是违法乱纪，何必较真。老赖知道此时骑虎难下，声明自己不是刘镇长一是不会有人相信，二是不合时宜。老赖只好将错就错，稀里糊涂说了几句吉利话了事。之后，消息传出，老赖被警察弄到了局子里，警察对他作了详细的问讯笔录。鉴于未造成实质性不良后果，末了处以罚款并口头警告了结。回家后，老赖身心俱损，大病一场，卧床数月不起。老赖长叹道，既生瑜，何生亮。

忽然一阵风吹过，那刘镇长东窗事发，锒铛入狱，原来是一个贪官。老赖闻之大喜，病也不治自愈。拨开乌云见太阳，于是老赖在一个阳光灿烂的日子抖擞了精神漫步街头，刚呼吸了几口自由而新鲜的空气，已经被一群人围住了。有人指着老赖说，这家伙怎么从牢房里跑出来了，赶快打110报警！

爱情疤

○ 天空的天

　　阔少又来戏班砸场子，班主派人来告诉女人，让她赶紧从后门悄悄走掉。女人当时正在后台化装，晚上有她的演出。女人虽然来戏班的时间不长，但也知道阔少。阔少仗着他老子的权势，祸害了戏班不少如花似玉的姐妹。阔少最近又盯上了女人，先是送花送水果，女人不理，他就又来砸场子。班主为保护女人的安全，每次都让女人在阔少来闹事的时候躲起来。女人已经躲了两次，这次不想再躲了。女人说，你去告诉阔少，我这就去见他。阔少带了不少人来闹事。阔少每次来闹事，最先遭殃的是戏班的椅子。女人出来时，看见院子里的椅子已经人仰马翻地倒了一大片。

　　女人问，谁找我？

　　阔少站起来说，我。

　　女人看着吊儿郎当流里流气的阔少说，你找我啥事？

　　阔少说，也没啥大事，就是想请你出去一起吃个饭。

　　女人想了想说，好，我答应你。但是我必须唱完戏之后才能和你出去。

　　阔少说，好，我等你。你要是敢耍我，我就一把火烧了这剧场。

　　女人说，不会。

　　女人回到后台继续化装。班主来到她身边，悄声跟她说，你还是躲起来吧，阔少这样的人惹不起。女人说，没事，他不能把我怎么样，他这样的人我见多了。

班主很为女人担心，但他也没有什么更好的办法。

女人唱完戏，还没卸装，阔少就来找她了。阔少说，现在你可以跟我走了吧？

女人说，你总得让我把装卸了吧？

阔少说，不着急，待会儿再卸也来得及。

女人看着不怀好意的阔少说，好吧，就待会儿再卸。然后换了件衣服，和阔少走了。

阔少和女人坐在一辆车里。阔少的手很不安分，在女人身上到处转，女人不停地抵挡着。

阔少说是请女人吃饭，结果并没有去饭馆，而是去了他家。女人说，你家开饭馆吗？阔少嘿嘿地笑。阔少直接把女人带进自己的房间，关上门就向女人扑过来。女人躲过了他，说，先等等，你就不怕吃了一嘴巴胭脂？等我卸完了装也不迟啊。阔少说，还是你想得周到。阔少叫人打来了水，女人开始卸装。

女人的装化得很重，脂粉涂得很厚。女人先卸眼部的装，然后额头，然后脸颊。女人卸去了脸上所有的装，洗去了脸上所有的脂粉后，脸颊上惊现出一道一寸多长的疤。长疤斜卧在女人的右脸颊上，看上去很恐怖吓人。女人立刻成了丑八怪，阔少吓得后退两步，说，你……你……怎么这样？女人说，我一直是这样啊。阔少说，你赶快走，赶快走！女人笑了，一笑带动脸上的疤也跟着动起来。

女人从阔少家毫发无损地回来，班主还不相信，及至看到了她脸上的疤，也吓了一跳，才明白是怎么回事。班主问，这疤是怎么弄的？女人说，我师傅说长得好看的女人学戏，只会害了自己，所以不肯教我，我就用刀在自己脸上划了道口子。班主看着女人，哀叹一声。

女人脸上有道疤的消息很快在戏班传开了，戏班的人才知道女人脸上有道疤，才知道女人为啥老爱把装化得很浓，把脂粉涂得很厚。以前对女人有好感的几个男演员也不再对女人献殷勤了。

只有一个人例外，他是女人的戏迷。

戏迷喜欢听女人的戏，一场不落。戏迷听戏时喜欢坐在前排偏右的位置，而且总是那个位置。戏迷听戏不会像别人那样大声地叫好，但会鼓掌，女人唱到高潮处，戏迷会轻轻地鼓掌。戏迷有时也给女人送花，总是一枝红玫瑰。女人从不理会。女人脸上有道疤的消息传开后，戏迷仍旧来送花，还是一枝，还是红玫瑰。女人有点心动，在台上唱戏的时候，会多看戏迷两眼。可是不久，花就没了，戏迷也跟花一起消失了。女人很失望。女人想，世上的男人果然都是一样。

女人有些落寞，从此更加专心地练戏唱戏，把戏当成终身爱人一样地去唱去练，戏唱得越来越好，演出场次比以前多很多。时间长了，女人感到有些疲劳，但她并没有休息。

有一天女人唱完戏回家，走到半路突然晕倒了。戏迷恰巧看见了，把她送回了家。女人醒过来后看见戏迷，很惊讶，怎么是你？戏迷说，我今天在台下看你唱戏，发觉你的状态不太好，我不放心，在你回家时，从后面悄悄跟了你，没想到你晕倒在路上。

女人说，你不是不再听我唱戏了吗？

戏迷说，谁说的？我只是离开一段时间。我父亲病了，需要我照顾。

女人说，现在好了吗？

戏迷说，昨天刚好些，今天我就来看你唱戏了。

女人笑了，脸上的疤也跟着笑了。

女人和戏迷结婚时，脸上没有脂粉油彩。女人的脸光洁如初，透着无限的美。戏迷说，你脸上的疤呢？

女人说，根本就没有疤。

戏迷糊涂了，问她怎么回事。

　　女人说，我师傅见我要用刀子伤自己，忙夺下刀子，然后教给我在脸上弄个假疤的方法。师傅说，这道假疤会保护我，还会让我找到真爱。以前我不信，现在我信了。

　　女人说话时，戏迷一直满眼深情地望着她。

家有芳邻

○韦　名

　　那一年台风，洪水冲毁了一切。我们一家搬进离村几里之外一座废弃的粮库暂时安家。

　　几千平方米的粮库，住着我们一家三口，空落落的。自从听说有人在粮库里上吊而死这事后，一到晚上，妈妈和我一进房间就再也不敢出门一步，任凭硕鼠在隔壁房间翻箱倒柜……

　　那时候，一家人最希望的是晚上有人来串门。为此，妈妈准备了黄豆、花生，炒好存好，家人舍不得吃，专候客人。可是，晚上谁会来呢？

　　没人气儿的日子过了大半年，一天，复退军人张才来看粮库。张才进了粮库左右扫了几眼便对爸爸说，腾几间房子，他一家也过来住。

　　只要是个人来就行，别提多高兴了。我们一家赶紧腾房子。

　　张才不愧是军人出身，干脆利落。头天一说，第二天就带着老婆和大大小小七个儿子，开着一辆四轮车把家搬了过来。

　　尽管当天晚上张才的七个儿子比硕鼠还厉害，把粮库翻个底朝天，也把我家存的黄豆、花生扫光了，但那天晚上，我们一家睡得异常安稳。

　　安稳的日子没过多久，矛盾就来了。

　　搬进粮库后，爸爸请人在粮库门口修了个沼气池，准备用来照明和做饭。好不容易积了三个月的肥，气刚用上。张才的四轮车每天进进出出，把沼气池的铸铁盖压裂了。妈妈就和张才说："他张叔，你的四轮车进出时小心点儿,别把铁盖压坏了。"

"还用什么沼气?改用电用煤!"张才毫不理睬。

第二天,四轮车出门时,没避开铁盖,重重地把铁盖压成了两半。

"他张叔,你怎么这样呢?"妈妈冲着轰轰响的四轮车喊。

张才看了妈妈一眼,车没停就走了。

爸爸出来后,让妈妈不要嚷,然后用铁丝把盖子箍好了。

半晌时分,爸爸妈妈在地里干活,张才的四轮车拉回了满满一车土。

"把沼气池给填了!"张才招呼他的大儿子、二儿子。

"你们干吗填我家的沼气池?"我冲上去阻止他们。

"小毛孩,懂个屁!"张才老鹰捉小鸡般把我扔开了。

我爬起来又冲过去,还没等我靠近沼气池,张才一手把我夹起来,另一手从车上抽出一根绳子,把我牢牢绑在我家门上。

中午,爸爸妈妈回来了,看到被填得严严实实的沼气池和被绑着的我,从不大声说话的爸爸从家里拿了一把刀冲出家门……

"你想干什么?"张才端着一碗粥边吃边迎上来,"你有一把刀,我家里有两把更锋利的。"张才的大儿子马上把两把刀递给他。张才没接。

铁塔般的张才横在瘦弱的爸爸跟前,就像横着一堵墙。

爸爸把刀狠狠地砸进了地里,然后蹲在地上哭……

没了沼气,只好改用电。工人来拉线时,张才甩烟给工人,要求工人用黑胶布包严接头,不能马虎——不明就里的还以为他是主人。

"老李,这用电可不比用火,要注意安全啊!"张才甩了根烟给爸爸,全然忘记了前几天两家人还持刀相向。

爸爸下意识地接住了烟,气鼓鼓地张了张嘴,没搭话。

"沼气池事件"后,我们两家的日子倒还平静,没再闹什么别扭。

我的"芳邻"张才却和全村人闹上了别扭:他看中了村里一块沙地,准备挖沙出售。沙地上,村里人你一块我一块开荒种着番薯。这么多家的番薯，要一家一家去通知来收，张才没那个耐心。他叫上几个儿子，把沙地上的番薯全刨了，大大小小装了两四轮车，倒在粮库门口。

"你说你家开荒种了番薯，你种多少，自行拿走！"张才凶神恶煞般对上门讨说法的村民说。

你横，我比你更横！张居家七兄弟齐上门讨"说法"。张才带着狼虎般的几个儿子和张居家上演了一场全武行……最后，张才和张居两个带头的都被弄进派出所。

"不服？再来干一次！"拘留三天出来后，张才和张居在村里遇上，张才向张居挑战——那场"全武行"，张才和几个儿子以一当十，锐不可当，张居想着就发憷。

拘留出来后，粮库门口的番薯被村人领走一半，还有一半没人领。

"吃两个鸡蛋转转霉运！"拘留出来后，吃了老婆煮的两个鸡蛋后，张才带着几个儿子开始挖沙。

挖沙一年，张才先把粮库门口的烂泥地全铺上了水泥。后来，他又赶在当年的台风来前，叫人拾掇粮库的平房屋顶。粮库里，你进我退，大部分的平房都被张才家住上了；我家人少，只用了四小间。屋顶拾掇到我家边上时，工人正准备收工。张才说："停什么停，台风要来了，都给拾掇好后再下来！"

我家住的三间平房屋顶也被拾掇一新，挡住了这一年的台风，却让妈妈又气又笑地洗了三天东西——我家一点准备也没有，室内东西尽染上白灰！

又是一年台风季节。那天，我的"芳邻"张才把正在给我们三年级上课的吴校长喊出教室："台风快要来了，我明天来修房，让学生歇假！"

校长看着耀眼的天，又看着一本正经的张才，说了一句："莫名其妙！"

第二天，张才果真带着十几人，开着四轮车来了："修房啦！修房啦!"

张才一吼叫,我们一哄而散。

"谁叫你来的?胡闹!"校长怒不可遏。

"上屋!上屋!"张才理都不理校长,招呼工人。

三天后,学校所有屋顶焕然一新。我们重新上课两天后,台风真的来了……教室里没了雨水玩,我们很惆怅。校长却是又高兴又担心——高兴的是学生不用淋雨了,担心的是不知什么时候张才会来讨工钱。

后来,我们全家搬进城里。有时聊起张才来,我们还说:也不知道他有没有找校长讨过工钱。

吴状元

○杨小凡

药都这地界儿，自打出了老子、陈抟、建安三曹后，绵延两千年，再没出过一位像样的人物。

这地气似乎真的给拔尽了。

康熙初年，终于又出了一位人杰——城东门老吴家的大公子吴明。五岁便能以"眉先生，胡后生，先生不及后生长"对"眼珠子，鼻孔子，朱子本在孔子上"之句。二十岁及皖、苏、浙三省乡试解元第。

康熙二十五年开科大选，天下举子纷纷进京，但吴明却不愿应考。只急得他老父亲摇头顿足。正在这时，药都三老来访。

这个说："咱药都帝王将相都出过，唯独没出过状元。"

那个说："因着没状元，黉学里初一十五会文，连中门都不能开，读书人脸上无光啊。"

"说啥，吴解元也得给咱家乡争口气。"其中一个拱手便拜。

吴明一脸感动地说："三老放心，我吴明去争这口气。"

第二天，他打发书童买了个红纱灯笼，贴上黄纸金字，上书"状元及第"，下题"药都吴明。"第三天，即飞马进京。

到了北京城国子监门口，吴明迎面碰上一举子，同样的手执红纱灯笼，同样地上书"状元及第"，只是署名不同，是"长州金圣叹"。

吴明和金圣叹相持一个时辰，同时下马，同时举手相拜，同时口出一言："天下竟有如我者！"

这就叫不是冤家不聚首。

推杯换盏之后，金圣叹提出能否私设科场，相互领教，输者吹蜡走人。

太阳一竿高，吴明起床，知金圣叹不见了。只留下一字条：小弟不才，下科再考。

吴明断定金圣叹已离京回了长州，立即飞马出京相追。

追至傍晚，终于见了金圣叹。

"贤弟何须如此？"

"君子绝不食言。"金圣叹倒头便拜。

吴明哈哈大笑："我这番来京，本逢场做戏耳，今科大选理当成全贤弟，况我无意功名。"

会试殿试后，龙虎榜一出，金圣叹果被康熙皇上御点为状元。而吴明因让了状元也无心回乡，整日间与广济寺和尚下棋诵经，好一个人间神仙儿。

转眼间康熙六十大寿到了，众翰林公推金圣叹题金匾祝贺。金圣叹略一沉思，题回文诗一首。这诗不愧为金圣叹手笔，横能念，竖能读，倒过来也丝丝入理，全是颂赞皇上寿比南山、功德无量的敬语。但每行让过字头，斜着一念，便令人胆寒："世上若无金圣叹，康熙皇上要完蛋。"只是众进士不明玄机罢了。

金圣叹忽念起吴明相让之情，便提议落上吴明的大名。众人无异议，他便提笔添上一行小字："今科三百六进士，外加药都一吴明。"

一天早上，京城突然大乱。吴明起床走出广济寺山门，就被一老和尚拉回。

"翰林送给皇上的寿匾出事了，皇上发下圣旨，要把送匾人全部斩首。听说匾上有你的大名，赶快逃吧。"

吴明只好剃了发，穿上袈裟，离京城而去。

虽然吴明没争回状元，虽然史书上没有记载，药都人却依然世代称他为吴状元。

谋 嫁

○孙方友

赵殿臣于清光绪末年出生在陈州南王店小集。他清贫耿直，酷爱书法，其作品章法严谨，榜书雄浑劲健，小楷清秀俊丽，均让收藏者视为珍品。

赵殿臣的父亲叫赵玉堂，在小集上卖豆沫儿为生。他饱受文盲之苦，决意让儿子读书，为其择师张镇淮。这张镇淮也是王店人，擅书法，见殿臣有灵气，便鼓励其苦练成材。那时候赵家虽食难饱腹，但为殿臣练习书法从不吝啬，买纸成捆，要求每晚练榜书大字十六个四个匾文，常以泥汤或靛脚为墨，每十天一轮悬挂出来，前后对比，照帖总结。为了督促儿子练字，赵玉堂三十多岁开始下苦功学认字、读帖。为多认字，就连家中厕所内也贴上字，解手时常以树枝为笔以地做纸临摹，真是尽了父亲之苦心。

赵殿臣对于欧体书法，有一种特殊的爱好，日夜读帖临摹，寒暑不辍。由于其父的苦心教诲，严师的精心指导，本人的刻苦努力，十几岁时其书法便享誉乡里。其师张镇淮见孺子可教，很是欣慰，还专为其写过一首鼓励诗：蝇头遒劲欧阳体，鸿爪渊源卫夫人。慢谓迁翁誉小子，或疑逸少是前身。

十六岁那年，赵殿臣所写欧体字可以套在帖上丝毫不差，或某一字写多个相叠，毫厘不错，如同机制一般，因此深得张镇淮的喜爱和器重。张镇淮推荐赵殿臣成为段老泉先生的门生。

从段老泉先生处出师后，赵殿臣名声更甚，常有人请其写碑书匾，其书作流行于豫东七八个县。

距王店不远有一村庄名戚楼村，村中有一大户人家，主人叫戚景泉，其父过世三年，要立碑，便请赵殿臣写碑文。

戚景泉有一女，叫戚绒绒，年方十九，当时正在陈州女子高中读书，也酷爱书法。她见赵殿臣不但字写得好，人也顺眼，便要求父亲当面提亲。戚景泉虽然也看中了赵殿臣，只是因为赵家与戚家门户悬殊，没答应。戚绒绒生性泼辣，一听父亲不答应，面色一沉说道："你应该先去问问他是否婚配。如果他已订婚，我的话等于白说！但他要是还没婚配，请你改改你那门户不相对的老一套！"戚景泉一听这话，很生气，说："这种事儿怎好当面问？"戚绒绒说："那好，你不问我自己去问！"话未落音，人已跑到大厅里，问赵殿臣说："赵老师婚否？"由于声音太大，吓了赵殿臣一跳，手一抖，笔下的字也变了形。赵殿臣正欲发火，抬头一看是戚家的大小姐，惊奇不已，好一时才怔怔地问："你说啥？"戚绒绒说："我问你可曾婚否？"赵殿臣这才明白，面色顿红，老半天才嗫嚅道："还……还没有！"戚绒绒一听赵殿臣还没成婚，高兴地说："太好了！"言毕，很深情地看了赵殿臣一眼，急急地走了。

望着戚绒绒的身影，赵殿臣如痴呆一般愣在那里，不清楚一个大姑娘家突然跑来问他的终身大事是什么意思。当然，他似乎也预感到了什么，只是不敢朝深处想。因为他深知门户不相对是一道很难逾越的鸿沟。想到此，赵殿臣不禁长叹了一声，低头一看被戚绒绒吓歪的那个字，苦笑了一下，执笔重写。更令赵殿臣想不到的是，他刚要重写，忽听后院有丫环高喊："大小姐上吊了！"接着，是杂乱的奔跑声。赵殿臣很吃惊，也急忙跑出客厅，想去后院看个究竟。可刚跑出客厅门口，禁不住又止住了脚步。心想戚小姐寻短见肯定是家丑，是家丑就不可外扬。自己是客人，若去人家内宅岂不失礼？于是，他又迟迟疑疑地回到厅里。但不知为什么，他却又极为戚小姐担心，而且心乱如麻，坐卧不安，几次提笔又放下，再也静不下来了。

大概过了一个时辰，戚景泉来到厅内，面色极其沉重。他望了赵殿臣一眼说："赵先生可能刚才已经得知小女寻短见的事情了！实不相瞒，这全怪老夫！小女一心想让你与她结为秦晋之好，可老夫觉得戚、赵两家门户相差太大，没有答应。不想小女性烈，竟跑到房内寻了短见！我好后悔呀！"

赵殿臣着急地问："怎么？小姐没救过来？"

戚景泉长叹了一声说："救是救了过来，只是已经失音，怕是要成为终生残疾了！"

赵殿臣惊诧地瞪大了眼睛，突然跪地向戚先生求道："戚老爷，戚小姐是为我不畏生死。她没门户之见，不嫌小生家穷，我岂能无情无义？别说她只是失音，就是终生卧床不起，小生也愿侍候她一辈子！"

戚景泉一听这话，禁不住老泪纵横，哽咽地说："有赵先生这番话，小女就没看错人！但毕竟是你们的终身大事。我明日就托人去府上提亲，你看如何？"

赵殿臣千恩万谢，急忙重新写了碑文，回家向父母透露喜讯。赵玉堂夫妇自然乐意这门亲事。不久，二人便成了婚。戚景泉像是为弥补对女儿的歉疚，不但陪送了丰富的嫁妆，还在箱内压了不少银钱。

新婚之夜，赵殿臣掀开新娘的盖头，先给戚绒绒重重地施了一礼，深情地说："小姐能舍命相许，真让小生感恩不尽！你虽然已经失音，但小生决不嫌弃。愿我们日后心有灵犀一点通！"

不想戚绒绒此时竟"扑哧"一下笑出了声，说："你真痴还是假痴？难道就没看出来这是我在用计抹平你我两家的门户鸿沟吗？"

赵殿臣一听戚绒绒开口说了话，先是惊诧，后是惊喜，然后是直拍脑袋，口中连连地说：“哎呀，我真笨，怎么就没想到这一层呢？只是小姐怎么会相中我呢——咱们可谓素昧平生？”

戚绒绒笑了笑：“你所写之字，结构严谨，章法得体，这说明你为人守德，行事守矩，应该值得托付终身。”

果然二人婚后相亲相爱，日子过得红红火火。在赵殿臣的指导下，戚绒绒的书法大有长进，几年后，便在陈州书法界打出了名声。据传，民国年间的“陈州百货大楼”几个字就是她留下的。

最高雅的画作

○周海亮

贵妇人把画家请进屋子。贵妇人说，亲爱的保罗，可以开始了。

画家点点头，掏出画笔。不过夫人，画家说，您完全没有必要化妆。

哦，保罗，我想你搞错了。贵妇人说，我不是让你画肖像，我是想让你给我画一幅世界上最高雅的画作。

世界上最高雅的画作？画家愣了愣，怎么会有这种奇怪的想法？

因为每个人都说我太俗气！贵妇人的声音尖了起来，我的儿子、我的丈夫、我的邻居、我的美容师、我的心理医生、宠物店老板、街头流浪汉……他们会偷偷说，嘿，瞧见那个臃肿难看的肥婆了吗？她不读书，不看报，不听交响乐，不看歌舞剧，看不懂艺术品，不参加任何慈善活动。她的屋子里绝没有一个石膏人像，墙上绝没有一幅像样的画作，酒柜里绝没有一件有价值的艺术品……她的眼睛里只有钱。喜欢钱有错吗？我的钱既不是偷来的也不是抢来的，那是我丈夫辛辛苦苦赚来的。

那就任他们去说吧。画家说。

那可不行。我一定得改变他们的看法，我可不喜欢别人嘲笑我一辈子。所以，从下个星期开始，我打算去剧院听交响乐，看歌舞剧，去博物馆欣赏艺术品，参加一些慈善活动……我还会去买几件像样的摆设，并且，墙上一定要挂一件高雅的画作。保罗，我知道你是一位伟大的画家，我认为你完全可以胜任……不过你得完全按我的意思去画……很简单，将众多元素融合到一起，使之成为一件世界上最高雅的作品。

画家点点头，摆开架势，我们开始？

我们开始……首先，要有一个主体。贵妇人想想说，上帝或者神明？太普通。浴女或者农夫？太落伍。这样，你在画面最突出的位置，画一位杰出人物吧，比如科学家、作家、外交官、政治家……

画好了。画家说，他集政治家、外交官、作家、科学家于一身，他是一位伟大的人物，几近于神。

然后呢，你应该在画作上表现出人类不同于其他物种的高贵与智慧。贵妇人说，比如，一串阿拉伯数字……

照您的意思办。画家说，然后呢？

容我想想。贵妇人说，对了，似乎应该描上复杂细密的花纹，使画面更生动更高雅。花纹就是历史，就是世界，就是美……我说的没错吧？

没错。画家说，接下来呢？

应该再加上一句话吧！贵妇人说，一句有意境、令人敬畏、表达信仰的话。"我们信仰上帝。"你认为这句话如何？

非常好。画家说，还有吗？

你该让整个画作呈现出一种灰黑色的主调。稍偏一点蓝吧……有一种宁静和庄重之感……总之别太艳丽，那样太俗。灰黑色，偏一点蓝。

画家说，现在这幅画基本完成，您想看看吗？

先不急看。贵妇人想了想，说，总感觉还有些单调。人物，图案，数字，一句话……好像还缺点什么吧？

缺风景。画家笑着说，风景，建筑，画作永远的主题。

对。贵妇人点点头，再添点风景吧！

可是画面已经很挤……

添在反面吧。

添在反面？画家问，您确定吗，夫人？

是的，添在反面……反正我已经为这幅画花了钱……反正你说过，一切都按我的意思办……我相信这并不过分。

当然不过分……那就画座教堂，如何？

画座纪念堂吧！贵妇人兴奋地说，费城独立纪念堂！我喜欢费城独立纪念堂！想想看，伟大的人物，复杂的图案，神秘的数字，令人尊重的话，宁静庄重的色调，代表和平的独立纪念堂……上帝啊！我相信，这绝对是世界上最高雅最有价值的画作！

画家笑了。他把完成的画作递给贵妇人。

贵妇人的面前，是一张放大了的标准的百元美钞。

喝了一杯五粮液

○ 曲文学

　　"十一"对在单位里上班的人来说是假期，而对在劳务市场里打拼的人来说，什么也不是——没人给他们放假。

　　柳二哼着小曲儿刚蹲下，生意就来了。他跟来人上了一辆轿车。他没坐过这么好的车，有些晕乎。心想，今天一定遇到好活了。这样的东家，出手一定很大方。外出打工图个啥？不就是想多挣俩钱嘛。

　　车子出了城区往乡下跑，半小时过后，来到乡下一座深宅大院的门前。柳二要为这里的主人砌一个狗房子。为什么不叫狗窝而叫狗房子？因为这家的狗块头大，砌个狗窝有点委屈；大大方方砌个房子，才能彰显狗的身价。柳二仔细端详，狗是藏青色的，毛色油光水滑，叫起来瓮声瓮气，很是凶猛。

　　柳二家也养了一条狗，跟这条狗一比，寒酸透了。人跟人不能比，狗跟狗也是不能比的。

　　主人是普普通通的老两口，六十开外，慈眉善目，典型的农民形象。主人的儿子——就是刚才到劳务市场接他的那位，四十岁上下，身材魁梧，气宇不凡，叉腰在院中央一站，那指点江山的架势，一看就知道是在城里当头目的。

　　柳二按照图纸砌房子。柳二精明着呢，没跟主人讲工钱。柳二用眼睛的余光一扫心里便有了主意：到这样的东家干活，再去讨价还价，要多愚蠢有多愚蠢，干完活凭东家赏就是了。

柳二手艺好，力气也有的是，一把瓦刀玩转一个家庭的柴米油盐。女儿读高三，明年高考，用钱的地方多的是。入秋以来，是用工旺季，柳二一天也没闲过，工钱也是见风涨。像他这样的瓦工，日工资已经突破一百元了。

东家家里开始炒菜，满院子都弥漫着香气。这香气一个劲往柳二鼻子里呛。柳二心想，今天又混到一顿饭了。不是在哪儿干活都供饭的。省下一顿饭，也就是省下好几块呢。

中午，东家张罗吃饭。柳二洗了手，来到正房餐厅。柳二见到满桌子的山珍海味，一下子傻了眼。柳二哪见过这阵势，身子开始往后使劲儿。柳二搓着手说，我还是出去吃吧。

别呀，过节了，我陪师傅喝两盅，师傅辛苦了。老人的儿子大手往他身上一划拉。

柳二拗不过，勉强坐下。老人的儿子到车上取来两瓶酒，是五粮液。柳二脑子"嗡"的一下。自己平时喝的都是两块钱一斤的散白酒，五粮液只是听说过。

师傅今天放开量，我陪你喝点，解解乏。老人的儿子说话间，已经打开酒瓶给柳二满上一杯，又夹过一只螃蟹，说，现在是螃蟹正肥的季节，快尝尝鲜。

柳二一杯酒下肚，没喝出什么味道，像猪八戒吃人参果。这酒喝的，比干活还累，柳二出了一脑门的汗。

老人的儿子站起身给柳二倒酒，柳二站起来，说不能再喝了，再喝就多了，喝多下午就不能干活了。老人的儿子说，这是好酒，七百多一瓶呢。

柳二的眼睛瞪得铜铃那么大，啥？七百多一瓶？又低头看了看酒杯，我这一杯有四两，就要三百块？

对呀，在家喝是这个价；要是到饭店，就更贵了，一瓶得一千多呢。

打死我我也不能再喝了。柳二撂下筷子出了屋，继续闷头砌狗房子……

傍晚时分，柳二开始收拾工具，对东家说，这活还得一天，明天找别人干吧。

东家急了，这怎么行，干得好好的，怎么说不干就不干了？是不是我们有慢待你的地方？

不管怎么说，你家的活我是干不下去了，换人吧。柳二说着，背上工具包就往外走。

东家说，吃完晚饭再走吧，饭菜都准备好了——再说，你不干完活，工钱可咋算？

柳二说，饭不吃了，工钱也不要了。说完，一溜烟上路了。

东家追出来，扯高嗓门：喂——师傅，总得用车子把你送回去吧？

柳二说，不用了，坐小车我头晕，我到路边坐公交车……

摔　跤

○刘国芳

平当过兵。在部队时，他的单杠练习水平达到八级，也就是说，他可以双手抓住单杠做大回环动作，整个人在单杠上转来转去。平退伍后，他单位也有单杠，平一看到单杠就手痒，一定要过去做几十个引体向上。有人看见平的动作很规范，就说："你当过兵？"

平点着头说："当过。"

那人说："我也当过兵。你单杠练习达到了几级？"

平说："八级。"

那人说："你能在单杠上大回环？"

平点点头。

那人就期待着。平没有辜负那人，双手一下子就翻到单杠上。那人见了，就说："这是单杠练习四级，叫双立臂。"

平没做声，双手抓住单杠荡起来，荡了一会儿，平一用力，就在单杠上做了一个大回环。有人围过来看，他们大声喊道："好！"

平继续转着，一圈又一圈，博得满场喝彩。

平后来就成了单位的体育明星。平只要在单杠上做动作，必定有人围着看。平通常一级一级做上去，先做引体向上，然后卷身上，再是单立臂，接着双立臂……做到大回环时，几乎全单位的人都会出来看，并大声喊着说："好！"

也有人说："部队出来的，就是不一样。"

平单位的领导，也很欣赏平，他也像大家一样出来看，看得高兴时，也发一声喊："好——"有一次喊过，领导说："我们大家要向平学习，锻炼身体，提高工作效率。"

领导的要求，单位的人当然照办。一时间，平单位很多人都开始练习单杠了，从引体向上做起。平水平最高，他自然而然成为教练。

在以后的很多年里，平一直没停止过单杠练习。这期间尽管平的单位变动了一次又一次，有些单位甚至就没有单杠，但平会在其他地方找到单杠，比如公园就有单杠，平有空，就会去活动一下，而且长年坚持。一年一年过去，平年龄大了，但平单杠的水平却没减，他仍可以在单杠上做大回环动作。

这么多年过去，平当然进步了。开始的时候，他是股长，然后科长、主任、副处、正处。这年，平还直接派下去当了一个县的县长。

那个县的大院里也有单杠。平是那种一见单杠就会手痒的人。他随后过去了，先做引体向上，然后卷身上，再是单立臂，接着双立臂……做到大回环时，机关的人吓坏了，所有的人都围过来，还喊："平县长小心啊——"

又说："太吓人了，快下来。"

平说："不要紧。"

但大家认为要紧，继续喊："赶快下来。"

平只是笑笑，继续做着。

平后来每天都要在单杠上练一会儿，每次，机关的人都吓得不轻。过后，机关的人见了平，总跟他说："平县长，你还是莫去单杠上翻了。"

平说："为什么？"

大家说："危险，太危险了。"

又说："万一摔跤，那不是好玩的。"

也有人善意地提醒平。一位副县长，跟平私交很好，他有一天就跟平说："你还是不要在单杠上出风头了。"

平说："怎么叫出风头？"

副县长说："怎么不叫出风头？你想想，绝大多数干部连一个引体向上都做不了，你却能在上面翻来翻去，这不是出风头吗？"

副县长又说："还有，你能在单杠上翻来翻去，说明你身体好；而我们的书记，胖胖的，多走几步路都喘不过气来。反差太大了，这会让书记难堪。"

平觉得副县长说得有理，点了点头。

过后，平就不怎么去翻单杠了，他觉得自己在单杠上翻来翻去确实有些出风头。但有时候，平看见单杠手会痒，如果周围人少，平还是会忍不住去翻一翻。这天，平就在单杠上翻着，一个女人，是第一次看平在单杠上做动作，当平做到大回环时，那女人吓坏了，呀地尖叫了一声。平不知发生了什么，扭头去看女人。平有一段时间没翻了，感觉有些吃力，当他分心去看女人时，手一软，从单杠上摔了下来。

这一跤跌得不轻，平很久都爬不起来。

大名鼎鼎的越狱犯哈雷

○谢志强

大名鼎鼎的越狱犯哈雷在一爿街头小吃铺被两个捕快捉拿了。他正在吃一碗羊肉拉面，吃得有滋有味。他说我填饱了肚子就随你们走，当初，我就是肚子空得受不了犯了你们的事。

哈雷早料定有这么一天。他喝尽了面汤，撸了一把留着胡须的下巴——那是街头巷尾张贴的通缉告示描绘的形象的突出标志。他说，我们走吧。那口气，倒似两个捕快是他的保驾。

哈雷的名气靠的是越狱赢得，再牢固的监狱，不出几天，便没了他的踪影，狱卒不知为他遭受了多少惩罚，可是监狱里查不出他逃跑的痕迹。这回，他被关进了一间特别的牢房，窗户容不下一个脑袋，墙壁一律采用花岗石，而且用料厚实。

哈雷几次三番越狱，狱长已被削职，当了一名普通的看守。

他发誓要挽回名声地位。锁了牢门，他对哈雷说：这回，你变成小鸟也飞不出去了。

哈雷的手和脚都戴上了沉重的镣铐。他挑衅性地冲着铁栅门外的看守笑笑，说：过两天，我打算出去散散心呢。

看守说：咱俩打个赌，你有本事出去，我在家里摆一桌酒席，替你接风。

哈雷说：现在，我先睡个安稳觉，到时候，我保准登门拜访。

看守说：你不是属鸭的吧，肉煮烂了，嘴还硬呢。

哈雷说：想象可以冲出牢笼，等着瞧吧。

哈雷闭起了眼，他想，谁能控制我的想象翅膀飞翔呢。看守隔一阵，来看一趟，哈雷竟打起呼噜。其实，哈雷真的睡着了，不过，他的梦里，出现的是一座一座的监狱。不知过了多久，他苏醒了，一身轻松，他望着高处的蜂窝似的小窗户，他知道又一天开始了，他的脑子里被一座一座监狱占据着，都是他蹲过的地方。

他开始怀疑自己的想象能力了，他担心热闹的街市、茂密的森林、辽阔的蓝天不再进入他的梦境，而他凭借的就是这些，难道一次一次蹲坐监狱，逐渐斩断了他的想象翅膀？

他再看见铁栅门对过看守的面孔的时候，他懒得瞧了，那得意的表情像无数根绳索捆绑着他，他痛苦地凝视着厚重的现实——压抑的花岗石墙壁。他索性摊手摊脚地躺着。除了睡眠，他还能干什么呢？睡眠能够提供无限的机会。还是睡吧。临睡之前，他听到了一声鸟鸣，或许是一只偶尔飞过的鸟的婉鸣，却很悦耳，他倒愿意想象它在一片叶茂的枝头歇息。而且，他听到羽毛在风中忽扇出的气流声。

于是，第二天，他站在了一片森林里，那是城外不远的田野。他庆幸自己的想象还没有枯竭。不过，他想到了约定，看守承诺的一桌酒席，确实，饥肠"咕咕"，他撸了撸胡须，打算替胡须间的嘴巴了结一桩事情那样，他往城里走。

城门一侧，又张贴出通缉他的告示，悬赏奖金高出上次。只是，士兵只查出城人，谁能料想一个越狱者还愿自投罗网。他径直前去看守的家。他闻到了那里飘来的肉香。看守正在显示自己的烹饪手艺。

哈雷步入大院，远远地拱手道谢：让你破费了，实在抱歉。

看守正忙乎，喊：沏茶，哈雷，你稍候，我再露两手。

呷着酽茶，哈雷甚至想哼一段小曲，可他克制了冲动。只一会儿，看守解掉围裙，说：好了，来酒。

俩人对坐。看守说：你的身价看涨嘛。哈雷说：要不，我补偿你。

看守说：你放心，我可没布设陷阱。我清楚，再坚固的牢房也关不住你了。我只是想请教请教你。

哈雷一仰脖，吱溜，一盅酒热热地落肚，他说：谁能料到，我在你这儿呢，请讲。

看守说：你现在在哪里？

哈雷说：不是在你府上吗？

看守摇头，说：你又回老地方啦！

哈雷乐了，想说不可能。但是，他忽然察觉他坐在两天前进去的那个牢房里，他的脑袋顿时缩小了，像是掉进了一个深不可测的枯井。

看守已经隔着铁栅门冲着他微笑。一连数日，他的梦境里出现的全是牢房，牢房，牢房。牢房主宰了他的脑袋，他已失却了梦见其他事物的能力。牢房是他的大脑了，他又装在自己的脑袋里。后来，他连梦都不做了。一个一个夜晚，像是一个空穴，时间消失在里边，没了进展。看守又恢复了原职，狱长颇为得意，说：天底下唯有我能降服你，这是我俩的秘密。

最灿烂的

○魏永贵

明天就是和同学们约着合影的日子。

小雅摇着妈妈的胳膊："妈妈，你说嘛，我明天是戴顶帽子，还是……还是到街上去买顶假发，你说嘛！"

床边的妈妈笑了，眼泪却悄悄流了出来。小雅没看见。小雅眼睛看着天花板。

妈妈说："傻丫头，我的女儿怎么都漂亮，是不是？"妈妈抚摩着小雅的头。

曾经美丽的小雅，现在，她的头上稀稀拉拉没有几根头发。

十五岁，花一样年纪的小雅得了不治之症。在经过了辗转的治疗之后，彻底绝望的妈妈等到的是医院的最后通知。长期的化疗让原本有一头乌黑秀发的小雅，几乎变成了秃头。红红的圆圆的小脸蛋儿也永远留在了相册里。

昨天，小雅提出了和同学们合影的要求。妈妈明白，聪明的小雅在离开这个世界之前想了结一桩心愿——和以前在一起的同学见最后一面并且合张影。女儿提这个要求的时候故意轻松地告诉妈妈："我好久好久没见同学了。"其实，小雅几个要好的同学到医院看过小雅几次。

妈妈理解小雅的心情，于是打电话和小雅的班主任商量明天到学校去，跟班上的同学合影留念。小雅妈妈在电话里说，这恐怕是小雅最后一次照相了。班主任叹息了一声，答应了。

明天就要去学校。现在，爱美又细心的小雅提出了用什么遮盖头顶这个现实的问题，妈妈一时没了主意。去买假发吧，大都是成年人的，而且颜色、样式也死板。买顶帽子吧，大夏天的，除非戴一顶太阳帽，可那太阳帽一般也是露顶的，反倒弄巧成拙。

小雅见妈妈还在那儿犹豫，就摸着自己光光的没剩下几根头发的头皮说："其实呀，这样就好，到时候合影，我往同学们中间一坐，嘿，最显眼不说，而且还应了那个成语——聪明绝顶！是不是妈妈？"小雅咧开嘴，歪在妈妈怀里，笑了。

妈妈的眼睛又一次湿润了。

第二天，天空格外晴朗。妈妈用轮椅车推着小雅，走在去学校的路上。小雅头上戴着妈妈到商场精心挑选的时装软棉帽。妈妈问："热吗，小雅？"小雅说："凉快着呢，妈妈。"其实妈妈看见了，身体虚弱的小雅捂着这顶棉帽一定不舒服，棉帽的帽檐下是一圈细密的汗水。妈妈不忍心去惊动她。

小雅不时地扭头四望，一双凹陷的大眼睛忽闪忽闪的。小雅要最后看一眼上学路上那熟悉又陌生的风景。

"妈妈，到了，到学校了！我看见了班主任刘老师呢！"

学校的大门外，站着班主任刘老师。见到小雅和妈妈，刘老师急忙跑上前，亲了小雅一下后，从小雅妈妈手里接过了轮椅车。小雅兴奋地说："刘老师，同学们呢？"刘老师低着头轻声说："都等你好久了呢，呵呵，都晒出油来了呢！"

转眼间，小雅就被刘老师推进了校园。刹时，小雅呆了，小雅妈妈也呆了。

太阳下，绿色草坪上，排成阶梯式三排的同学，人人头上都顶着一只"瓢"似的，每一个同学，男学生，女学生，都剃了光头，在太阳下，几十个光脑袋反着光，那样辉煌，那样灿烂。小雅激动地甩掉了头上的棉帽，眼泪夺眶而出。坚强的小雅很久没有流眼泪了。

小雅听见了同学们震耳的声音："王小雅，你好！我们都爱你！"

刺杀未遂

○范子平

　　从海水里游上岸的时候，谢尔曼一眼就看到了楼上闪着蓝光的告示牌："未经允许勿上岸，勿靠近和进入楼院。违者后果自负。"仿佛一股血腥味浓重地逼来，谢尔曼知道稍有不慎就是灭顶之灾。奥迪不仅是动物实验组织的领衔科学家，还是个心机颇深、防范严密的阴谋家。这个小岛的楼房内外处处充满杀机。有九条小道呈放射状从楼院通往岸边，按照预先的研究，谢尔曼毫不犹豫选定走第二条。看来选择是正确的，根据情报，只有一条小道没铺设地雷。他贴近院墙，环楼的院墙上有六个门，五个门内都是陷阱，踏上就万劫不复。他斟酌许久，才从第三个门进去。上帝保佑，安然无恙。楼房有青、蓝、灰三个楼道，他伏下观察推算后，从灰色楼道上了楼梯。一路顺风，连警报器都没有响。现在他站在门口，戴上透视镜观测，奥迪坐在他那硕大的写字台后，正专心致志写着什么。突然，奥迪似乎朝他微笑一下，接着一头趴在桌上。这是在施展什么阴谋？谢尔曼顿生疑窦，伏下仔细观测四周，看不出什么异常。他打开屋门，搂动扳机，一串子弹射了出去。霎时警铃大作，警察冲了过来。他本没有活着出去的想法，扔掉冲锋枪，举起手来，乖乖地让警察戴上手铐。

　　法庭开庭审判轰动全国的刺杀奥迪教授案。公诉人问谢尔曼刺杀动机。谢尔曼回答：我们动物保护组织多次发出警告，奥迪置之不理，因而才有此行动。公诉人公布调查结论：动物保护组织并没有安排这次刺杀行动。

　　公诉人向法庭陈述：犯罪嫌疑人谢尔曼之所以刺杀死者，是因为他是奥迪教授的亲生子。当年奥迪教授和青年讲师安妮产生婚外情，抛弃谢尔曼母子，和安妮小姐结婚。这使谢尔曼一直耿耿于怀。

律师辩护说，经充分调查了解，谢尔曼有着刺杀的动机，但没有产生刺杀的具体事实。首先，奥迪先生对可能来自动物保护组织的刺杀有着充分警惕，通过监控装置，他对谢尔曼前来刺杀的过程随时了如指掌。请注意时间的对照：谢尔曼上岸的时间是 21：36：20，而岸边的敏感微型水雷是 21：36：19 关掉反应器而失效的。谢尔曼踏上第二条小道的时间是 21：38：17，但第二小道的触发地雷是 21：38：16 关闭的。他进入第三个院门的时间是 21：42：46，而第三个院门的陷阱是 21：42：45 关闭的。他踏上灰色楼道的时间是 21：45：39，但灰色楼道两侧的自动射杀装置是 21：45：38 关闭的……电脑监控装置对这些有清晰的记录。这就是说，奥迪先生对谢尔曼的举动认真观察，并随时做出反应，但这个反应不是防范谢尔曼刺杀，而是竭力保护谢尔曼的生命。

公诉人发言说：请注意，经弹道检测，奥迪先生身上的子弹，正来自谢尔曼的冲锋枪。

辩护律师说：请注意电脑对奥迪先生的身体的详细记录，他是服药自杀在先，死于 21：51：22，而谢尔曼射出第一颗子弹，是 21：54：08。因此，谢尔曼不应以刺杀罪判刑，只能以刺杀未遂罪和侮辱尸体罪判刑。还有，奥迪先生死前一边看照片一边在电脑上书写一封信。照片是谢尔曼儿时的照片。请允许我宣读一下信件内容：亲爱的儿子谢尔曼，你在动物保护组织，我在动物实验组织，我们父子属两个阵营，并且还有三十年前因我的错误而形成的鸿沟。我为当年的错误后悔不已，曾多方寻找你们母子而不得，听说你母亲之死更是内疚！从安妮离开后我一直独身。现在我能尽力做到的，只是想让你不要伤亡于这次行动，也不要以谋杀罪判刑，吻你！负罪的父亲。

法庭里鸦雀无声，突然传来悲恸的一声哭叫："我的爸爸——"这是谢尔曼发出的。

乡长挨打

○蔡中锋

　　前一段时间，我从南方招商引资招来了一家大型企业，在企业落户征地拆迁的时候，遇到了钉子户杨大拿，在别人都做不通工作的情况下，我只好亲自出马。

　　我和杨大拿讲道理，他根本听不进去。说着说着，我们就争吵起来。让大家都想不到的是，我和杨大拿刚争吵了几句，这家伙却突然发疯般冲了上来，朝我的脸上就是狠狠的一拳头，打得我鼻孔流血，两眼发黑。

　　我本来血压就有点高，挨了这一拳之后，又气又急又羞又怒，竟然一下子晕倒在了地上！

　　我被送进了县医院进行抢救，输上液之后，很快就苏醒过来。我感觉身体没有多大的事情，就和送我来医院的同事们说，我要回去继续工作。

　　正在同事们劝我安心养病的时候，全乡二十八个乡直部门、三十九个行政村、五十一个重点企业的一二把手陆续来医院看望我，等他们全部来一遍，已经是夜里十点多了，我只好在医院住下了。

　　到了第二天一早，我正要办出院手续，县政府办公室的赵主任打来电话："你的伤好点了吗？"

　　我说："没有多大事了，我正要出院呢！"

　　赵主任听了，忙说："你千万别出院！县领导听说你挨打了，都深深地感觉到你们乡镇长工作太不容易了。领导们已经通了气，今天在家的县委常委和县政府党组成员都会陆续去看望你！"

我激动地说："谢谢领导们的关心！"

等县委县政府的领导来看望一遍，已到了晚上十点多钟，我只好继续住院。

第三天一早，我正要出院，县政府赵主任又打来电话："你挨打的事，市委、市政府的领导也听说了，他们都对此事非常关心和重视。市政府办公室已经给县里的领导打了招呼，今天估计得有几位市委、市政府的领导去慰问你。为了配合好领导们的工作，你今天最好不停地打点滴，千万不能出院啊！"

我简直受宠若惊："好的，好的，我一定配合好！一定配合好！"

为了配合市领导们的关心，我从早晨八点开始打点滴，一直打到晚上十点多各位市里的领导都看望完才停了下来。

第四天一早，派出所的刘所长来到我的病床前："杨大拿打了您后就逃跑了，我们追捕了三天三夜，终于把他给抓住了。您看应该怎么处理他？"

我说："你们依法处理就行了。"

刘所长说："我们准备拘留他十五天，再罚他五千块钱，你看行不行？"

我说："行，行，怎么处理你们看着办就行。"

这时，在一旁陪床的老婆说："咱是官，人家是老百姓，咱咋能和一个老百姓一般见识呢！刘所长，你回去就放了杨大拿，不要拘留他，也不要罚他一分钱！"

刘所长疑惑地望着我问："这……这样不行吧？"

我说："既然你嫂子都这样说了，只要他不再阻碍拆迁工作，你们就这样办吧！"

刘所长走后，我大惑不解地问老婆："你平时是一个一点亏也不肯吃的主呀，这次你老公被人打得这么重，你怎么变得这样宽宏大量起来了？"

老婆说："你住院这几天，不光得到了这么多领导的关心和爱护，我这儿还收到了二十多万的慰问金呢！你这一拳已经挨得超值了！依我看，你也别急着出院，就给我老老实实地在这儿再待上几天吧。"

第五天一早，报社、电台、电视台的记者们又陆续拥进了医院，纷纷报道我出类拔萃的工作、忍辱负重的性格、宽宏大量的气度……

为了配合记者们拍照，我的吊瓶又不得不挂了一整天！

…………

此事过了不久，我就在市、县领导的关心下被提拔重用了。

一眼货

○袁 野

"二厘馆"是小城较有历史的茶馆，在清代同治年间就有记载。

"二厘馆"的生意很好，总有许多文人墨客、风雅之士在此品茶谈天。

小城文士张鹤轩和李文博便是"二厘馆"的常客。

他们有时相约而来，若李文博先来，便要上一壶铁观音，平心静气地候着张鹤轩的到来。

张鹤轩每来必带古玩或字画和李文博一起观赏。字画在手，只见张鹤轩左手随开，右手随收，动作轻缓，珍爱之情，尽在掌中。

两位是小城古陶玉器、奇石字画的玩家。二人一见面便有说不完的话，说到激烈时，声音大得足够引起旁人的侧目。

一日午后，张鹤轩、李文博便为"菟丝纹与兔丝缕"是否指同一古玩而争论不休。

张鹤轩认为：菟丝纹又称菟丝子纹，钧瓷，红若胭脂，朱砂为最。

李文博则认为：菟丝纹就是兔丝缕，是宋钧釉的一种风格。

张鹤轩以为："菟丝纹和兔丝缕是两种不同的事物，这在清代蓝浦《景德镇陶录》中是有详细记载的。"

李文博气得说了一句："尽信书不如无书。"

二人争得面红耳赤，谁也不肯相让，最后张鹤轩拂袖而去。

两人交情甚笃，即便当日不欢而散，隔日也便忘了。又一日，张鹤轩与李文博相约"二厘馆"。

这次张鹤轩带来了三件寿山石藏品。李文博知道，这回张鹤轩定是把家底都搬出来向他"炫耀"了。李文博心里着实喜欢上了这三件寿山石藏品，但嘴上却不说。特别是那件田黄石薄意雕，石质细腻，红里带白，雕刻刀法流利，刻画细致，影影绰绰，煞是好看，简直是极品中的极品。

李文博在心里暗自敬佩张鹤轩。

只敬佩不行，还要赶上张鹤轩，这是李文博心里的想法。

于是，李文博的身影在书画瓷器拍卖会上屡屡出现，并且经常出没于专营古玩的"云宝斋""华兴阁""君汇轩"……

再次相聚，已是两个月后。

这天，李文博约张鹤轩到"二厘馆"，说是有稀罕物给张鹤轩看。

张鹤轩一到，来不及落座，李文博便左手托底，右手扶边，将"青白瓷注碗"递了过去，还问一句："拿住了没有？"待张鹤轩点头后，他才松开右手，再松左手，一举一动十分小心。

张鹤轩将"青白瓷注碗"拿在手中，循着纹路，仔细斟酌。先测注碗高，口径深，足径长。再看莲花纹饰，敞口，深腹，高圈足。久久之后，张鹤轩脸上露出高深莫测的笑容，说："一眼货。"

李文博听罢，很是高兴。说是"一眼货"，那意思是东西没有问题。可是仔细一想，也是句左右逢源的话。"一眼货"可以理解为看一眼就晓得是真的，也可以理解为看一眼就晓得是假的。

李文博便说："你这人不实在！"

张鹤轩说："我看不实在的是你！"

"我怎么不实在，未见真，焉知假？"李文博说完，脸腾地红了。

张鹤轩说："我有个法子，可知真假。"

李文博拱手："说。"

"砸了它！"张鹤轩定定地看着李文博。

李文博起身，一把抓起"青白瓷注碗"，手指分明在抖。眨眼的瞬间，"青白瓷注碗"便碎于"二厘馆"。

张鹤轩哈哈大笑，袖手扬长而去。

丢啥别丢手机

○佚　名

中午回到家，我习惯性地脱掉外衣，伸手去掏手机，不禁一惊：刚买的手机不见了。一定是挤公交车时被人偷走了！我连忙用座机拨打自己的手机号。就算手机找不回来，也得把手机卡要回来呀，亲朋好友的电话号码，可都存在手机卡上呢。

没想到手机居然没关，一打就通。小偷跟我讲条件，得往他的银行卡上存1000元钱。我不禁大怒，愤然指责小偷丧尽天良，卑鄙无耻。小偷却根本不吃这一套，手机一挂，不理我了。

媳妇儿听说我把手机弄丢了，心疼得直叹气。就在这时，她的手机收到一条短信："我刚才在路上撞了人，急需2000元钱私了。赶紧往我银行卡上存1600元，卡号是×××，明天一早还您，拜谢。"

我差点儿蹦起来——短信是用我的手机号发的！我气急败坏地再次给小偷打电话。他居然轻描淡写地告诉我："这条短信群发给你手机卡上所有联系人了，不知道你的人缘怎么样？会不会有人帮你？"我顾不上跟他斗嘴，连忙对媳妇儿说："麻烦大了，赶紧，把能想到的人一个个写下来，打电话通知，千万别上当。"可面对如此境况，一个个打电话实在太慢，只有来个釜底抽薪，把骗子的银行卡冻结了才能万事大吉。

我火速赶往附近的银行，要求把小偷的卡号给冻结掉。可是无论我怎么着急，人家就是一句话：必须凭开户人的身份证才能冻结。柜台服务人员最后出了个主意：去报案吧，让公安局来查封。

下午四点多，那小偷居然给我打来电话，恨恨地说："你还报案了，把我的银行卡给封了？那卡上有 65 元钱，你让我白白损失了！哼，等着瞧，有你好看的。"我不禁被气笑了：威胁我呢，你还能把我怎么样？不就是一部手机吗？大不了我不要了。

这时，警察的电话也打来了："我们查封了你说的银行卡，哪有什么钱，虚张声势，干扰我们的工作！"

我连忙解释，说那银行卡的主人是小偷，请务必抓住他。警察气呼呼地说："你说的那张银行卡，是用一个老头儿的身份证办的。那老头儿三年前就死了，我们上哪儿抓去？"

也是啊，现在的小偷哪还会傻到用自己的身份证办银行卡去骗钱？幸亏我的人缘差一点儿，在接到小偷的短信后，没人往银行卡里存钱。

忙活了大半天，肚子饿极了。手机丢就丢了，饭可不能不吃。我让媳妇儿把中午的饭菜热热，正准备吃饭，门铃响了。开门一看，两名警察站在门外。年纪大一些的警察目光冷峻地盯着我，严厉地问："138×××× ××××的手机号是你的吧？"我有些丈二和尚摸不着头脑："是啊是啊，中午我的手机被偷了……莫非你们给找到了？"两名警察却不理我，不由分说，扭住我的胳膊，厉声道："跟我们走一趟吧！"

媳妇儿这才回过神来，惊慌地问："哎哎，出什么事了？"

年轻的警察盯着我说："他自己明白！他的手机三个小时不到，打了 96 次 110……大半个城的巡警都让他给调动了！"

角 色

○ 叶 强

刘长乐天生一副好嗓子，能唱京剧，和李县长是铁杆戏友。结果没几年，他就由一个不起眼的小办事员升为李县长的首席秘书，真是前途不可限量。

李县长迷戏，那可是全县有名的，他最爱演包龙图，县剧团每次排《铡美案》都要打电话邀请他。刘长乐是李县长钦定的"陈世美"，他善于察言观色，在台上和李县长一唱一和，把陈世美演得活灵活现，让领导过足了清官瘾。

这天，县剧团又排《铡美案》，李县长应邀而至。他喝得有点高，临上场前，不知脑子动了哪根弦，竟突发奇想要反串一下角色，自己演陈世美，让刘长乐来演包龙图。这可把刘长乐急坏了——让他坐在大堂上"审"领导，就是再借给他十个胆子他也不敢呀！吓得连连摆手："不行不行，瞧我这小鼻子窄脸的，哪演得了包龙图啊？还是李县长你亲自上阵吧！"李县长劝了几句，见刘长乐还是不肯"就范"，就有点不高兴，把脸一沉："嗯？你是不是说我长得黑，就非得演包龙图不可？"

刘长乐赶忙解释："不……不是这个意思。哎呀李县长，我真的演不来呀！"

李县长喷着酒气，哈哈大笑："我说小刘，今天晚上你是演也得演，不演也得演，你现在不提前实习实习，将来我怎么好放手让你独当一面？"

既然李县长把话说到这个份儿上，刘长乐再不答应就是不识抬举了，只好硬着头皮穿上了戏袍。锣鼓一响，众人朝台上一望，一个个都想笑，那"包公"怎么看都像个娘儿们，而"陈世美"却像猛张飞。不过大家伙儿没一个敢笑出声的，还一个劲儿地鼓掌呢！

戏里有这么句台词，就是包公一拍惊堂木，用手指着陈世美，一声厉叱："陈世美，你为何要喜新厌旧？"戏一演到这儿就梗住了，那刘长乐的声音太小，像蚊子哼哼，眼睛怎么也不敢正视李县长。李县长就停下来开导他："看着我，大声点儿，这是在演戏，你怎么就进不了角色？告诉你，不要把我当成县长，你是包公，我是陈世美……"可一连开导了好几遍，刘长乐就是进入不了角色，动作完全变了形，说话也越来越结巴。李县长气得血往上涌，整个脖子都红了："再演不好就下去，免得别人看笑话！"

刘长乐实在是被逼糊涂了，只见他猛吸一口气，横眉怒目，狠命地盯着李县长，"啪"地一拍惊堂木："李县长，你为何要喜新厌旧？"台下的人一听闹出了笑话，便再也忍不住了，一个个捂着鼻子"哧哧"直乐：传闻最近李县长与一个"小蜜"关系不一般，家里正闹得不可开交……只见李县长愣愣地望着刘长乐，好半天都不说话。刘长乐猛一激灵，赶忙纠正："陈世美，你为何要喜新厌旧？"听到台下响起了掌声，刘长乐这才放下心来。过了这一关，接下来的戏还算顺利，刘长乐总算完成了任务。

按说这事大家笑一笑乐一乐也就过去了，可是第二天早上，刘长乐却发现有点不对劲。李县长总是有意无意地避开他的眼睛，有时难免碰上了，神情也总是怪怪的，一点儿都不自然。

刘长乐思前想后，心里"咯噔"一下：完了，李县长才是真的进入角色了！

探　监

○李永康

以下这篇故事是我告诉作者的：

"他因贪污受贿被判了死刑。被捕前他曾是一家银行的行长。当行长那一年他才 32 岁。"

读者甲：这个故事我已经看到过了。

读者乙：连开头好像也一样。

读者丙：现在的好些所谓创作几乎都在"抄袭"。

"他是从农村考上大学，毕业后分在银行，先干办事员、办公室副主任、主任、行长助理。就要升任副行长那一年，因检举揭发前任行长贪污受贿有功，被直接任命为行长。"

读者甲：终于有一点不一样了。

读者乙：腐败问题总是相似之处太多，难怪撞车。

读者丙：20 世纪末 21 世纪初，腐败现象为什么会愈演愈烈呢？

接下来发生的事和那些反腐倡廉的小说写到探监时大同小异。读者甲：首先交代贪官成长的家庭如何困难，再设置一两位身体有缺陷而又性格坚强的亲人如何支持他完成学业。

读者乙：还得有一位正直可敬的老母亲和一位他最喜欢的不懂事的乖儿子或乖女儿在判决后与他作最后的告别。读者丙：这也符合读者的阅读心理。可是，看多了，也让人生疑，难道说是苦难的家庭和支持他的人的艰难不易才让他产生逆反心理，乃至于他一旦手握大权之后，就变本加厉地向社会索取吗？

"母亲带着孙儿来到看守所。他穿着囚服带着脚镣手铐走进了接待室。儿子叫了一声爸，他丝毫没有反应，只望着母亲头上的白发和脸上的皱纹。他心一酸。他觉得自己这一生最对不住的人是母亲。在职的时候，他贪污了那么多的钱，却不敢让母亲享受享受。有一年，他回乡下老家过春节，有些官员闻讯到家来拜访他，送了母亲几个信封，母亲拆开发现是钱，像捧着一个个烧得红彤彤的炭圆一样赶快交到他手上，要他退还。他知道母亲那辈人的活法。他当时甚至在心里'侮厥父母，曰，昔之人无闻知。'"

"爸。"儿子又叫了他一声，他才应了。儿子说，你进来后，有好多叔叔给我钱，还叫我到他们家去吃饭，他们说，他们是你的朋友，朋友的儿子就是他们的儿子。他看着儿子幼稚的小脸，不由得深深叹息起来。他多么想告诉儿子，正是那些所谓的朋友，才让他落到今天这个下场。可怜儿子才七岁，告诉他这些，他也不会懂。"

读者甲：我是贪官的朋友吗？

读者乙：贪官走向断头台与我有干系吗？

读者丙：我在 2003 年 1 月 8 日《成都晚报》第 12 版《中国·法治》上读到这样一条转载《人民日报》的消息：《青年军官拒贿竟遭杀害》，说的是江西省九江市南京军区庐山疗养院院务处处长胡训同志，因"不拿原则作交易"，拒绝某公司经理与合伙人承揽项目的"请吃请喝"及"好处"承诺，使这伙人计划落空，恼羞成怒，使出丧心病狂的毒计：招来一帮地痞流氓，于 2002 年 2 月 24 日晚 10 时许，在疗养院门口，用砖头、木棒等凶器将胡处长杀害。

"探监时间到了。母亲又看了儿子一眼，拉着孙儿起了身。他轻声问了一句：家里人还好吧。母亲平静地说：都好。说完，母亲快步走出了接待室。孙儿追上她，问，奶奶，你咋不告诉爸爸，妈妈自杀了，爷爷被气死了呢。当奶奶的这才抱住孙儿哇的一声大哭起来。

"这一切他可能永远也不会知道了。他现在最弄不懂的是权力。权力是个好东西，有时候会让人无上荣光，有时候却又让人身败名裂。当你拥有绝对权力的时候，你就提前和死神联了姻。可惜，他现在才明白这个道理。晚了，已经晚了！他在回牢房的路上不停地念叨着。他多么想时光能够倒流，回到从前，让日子重新来过。重新来过的日子会不会又是这个结局呢？他真的不敢肯定……"

现在是北京时间 22 点，我的故事已讲完。读者甲读者乙读者丙也该熄灯休息了——因为他们明天还要上班。

五元与五万元的爱情

○余毛毛

在单位里，他是一个孤高的男人，孤高到什么也不求，职位啦进修啦先进啦旅游啦。因了他的什么也不求，他和所有人都没矛盾，除了她。她是欲望太强烈的女人，强烈到什么都想要，官职啦进修啦先进啦旅游啦。因了她的什么都想要，她和所有的人都有矛盾，除了他。他看不起她，他觉得这个女人真是集人性之大恶者，势利、庸俗、虚荣、蛮横、风骚，他和所有的人都和和气气、亲亲热热，唯独对她冷若冰霜。而她却不知为什么，有点欣赏他，她觉得这个男人真古怪，不争不抢但却一点都不窝囊，虽没什么钱却有富人派头，虽不是官却比官的架子还大，有一种说不出的洒脱劲。

他和她有一个共同点，那就是他们都离了婚。他的妻子扔下他和8岁的女儿，和一个什么公司的老板混在一起。而她结婚不到两年，就和她那当警察的丈夫离了婚，做了一个高官的情人。

一天中午下班，他路经她的办公室，看到她趴在办公桌上一动不动。她的办公室很少有人进，他也没在意。可下午上班时，见她还是那样趴在那儿，觉着该进去问问是怎么回事了。毕竟是同事，又没什么深仇大恨，于是他进去，拍了拍她肩膀，大声问："你怎么了？"她慢慢地抬起头，有气无力地说："头痛得厉害。""要不要去医院？""不用，老毛病，吃两片止痛片就行了，药忘家里了。""那药叫什么？我去买。"他到街上去买了那种止痛片，那药真便宜，五块钱买了一大把。她吃了药，坐了一会儿，回家了。

日子一天天过去，这事他没放在心上，也依然未改对她的鄙视，依然对她冷若冰霜。然而，不幸却降临到他的身上，与他相依为命的宝贝女儿得了重病，医疗费要花十几万。他三万元的积蓄很快花光，借的两万块钱也很快花光，同事们捐助的几千元也很快花光。他去找他的前妻，以前他一直拒收她给女儿的抚养费。可那个女人只拿出了2000元，哭哭啼啼地说，那个公司老板其实是个骗子，并没什么钱，现在法院的人、银行的人、受骗的货主踏破了门槛，她也好几个月没见着他了。

他不知道该怎么办，这时他才后悔过去自己的什么也不求了。一天中午下班，疲倦的他趴在桌上睡着了，一直到下午上班都没醒。他太累了，整夜整夜地在医院里陪伴女儿，为女儿的事，他已请了好几个月的假，不能老是不上班，他现在很需要这份工作。醒来后，他看到茶杯下压着一张银行卡，卡下有一张小纸片，写着几个数字。他看出了是她的笔迹，打电话问是怎么回事，她说："卡上有5万块钱，纸条上是密码，你用吧。"他愣了，慢慢地，眼眶湿润起来，他做梦也想不到，这个他最看不起的女人却在他最危难的时刻救了他，他觉得自己以前真是看错了她。

他女儿的病终于治好了。一天，他带着女儿请她吃饭。女儿亲热地和她说个不停，她觉着这个阿姨又漂亮又好玩，就像电视上她喜欢的那个"万人迷"。他什么也没说，只是自顾自地喝酒，直喝到眼睛通红的时候，他才粗声地问她："做我老婆好不好？"她看上去有点傻，脸涨得通红，然后趴在桌上哭个不停。他火了，噌地站起来，用手指着她说："你说句话，行还是不行？"她也火了，也噌地站起来，冲着他喊："行还不行吗！"他们都笑了，相拥在一起。

你永远不会赢

○杨　格

　　读初二的时候，我的顽皮和捣蛋水平达到了空前的高度。我的父母和老师坚信：在不久的将来，我将成为少管所里的光头罗汉。他们放弃了对我的挽救，痛心而无奈地看着我在沉沦。

　　初二下学期，来了位新班主任，小女子叫林青，二十来岁，脸色苍白，弱不禁风，这使我对她充满了轻蔑。

　　基于这样的感情，我给该小女子的"见面礼"平庸而没创意，我在她的讲桌上黑板擦下夹了一只被我弄昏迷的癞蛤蟆。我想，这足够让这个小女子魂飞魄散一阵子了。

　　小女子走上讲台，警惕地盯着鼓起来的黑板擦道："我敢打赌，黑板擦的下面有类似癞蛤蟆之类的东西。"教室里哄堂大笑，所有的眼睛齐刷刷地向我行注目礼。我得意地笑着，也有一丝作案未遂的遗憾。小女子又说："我敢打赌，这个东西是一个姓杨的同学放下的一颗'定时炸弹'。"又是一阵哄堂大笑。我很没劲，挑衅地望着小女子。

　　小女子迎着我的目光，笑吟吟地说："敢跟我打个赌吗？我保证你不会赢。"我来了兴趣——有我不会赢的赌？我一针见"脓"地说："赌什么？"小女子甩一甩浓密的长发说："赌我这头长发。如果你赢了，你可以把我的头发全部揪光。"

　　还有比这更刺激更有趣的赌博吗？我能想象出，如果小女子小尼姑般地光着头，那是一幅多么滑稽的效果图。我脱口而出："怎么赌？"小女子还是笑吟吟地说："赌注是期末考试每门功课你都能考到及格分。"小女子抵住了我的"软肋"，这跟要我的命差不了多少。要知道，之前的所有考试，我大都是以零分收场。不过，有一次我的英语倒是考了 50 分。那是因为那个傻瓜老师的答案有一半选择"C"项。我拿到试卷后，一律以选"C"了事，撞了个大运。

小女子挑战道："不敢？"

有我不敢的事？我顶上："赌就赌，你要是输了，确定让我把你的头发一根根地拔掉？"小女子坚决地说："当然。""不过……"小女子话里有话地说，"你打了一个你永远不会赢的赌。是的，你永远不会赢。"

小女子的话刺激着我——我怎么就不会赢？我就是要赢。不就是考个及格分吗？

小女子的那堂课，我听了。听课的滋味真的难受啊！没有了花样百出的鬼脸，没有了别出心裁的笑料，屁股要定在凳子上，眼睛要盯在小女子那没有血色的薄嘴唇上，耳朵里全灌着那天书般的玩意儿。我几乎想取消这场痛苦的赌博，但一想到小女子的头发将被一根根地拔下，我的学习激情又高涨起来，我重又放稳屁股，睁大眼睛，支棱起耳朵，承受着那具有诱惑的痛苦。

熬过第一关，下面的煎熬就显得轻松了许多。那个上午，我听了所有老师的课。而熬过了上午，下午的煎熬也就有了心理准备和实战经验。OK！这一天很快就过去了。

一天过去了，又一个一天过去了；一个星期过去了，又一个星期过去了。我和自己较着劲，进行着那场"你永远不会赢"的赌博。

期末考试到来前，我加班加点地复习着功课，我甚至还厚着脸皮，去请教我的同桌怎样推导勾股定理——我的目标很直接，我所有的功课要考及格，我要揪下小女子那乌黑的头发。

期末考试的"丧钟"终于敲响，但我的心里还真是有八分把握，不就是勾股定理吗？不就是"What's your name?"吗？本大人全拿下了。

当小女子拿着成绩统计册走到讲台时，我早就胜券在握了——我的所有功课都过了及格线。小女子输了，就等着出丑吧。

同学们的目光在我和小女子的身上来回扫视着，显然，大家和我一样，对这场赌博有着浓厚的兴趣。

小女子笑吟吟地说："大家都还记着我和杨格的那场赌博吧？我要告诉大家的是，杨格输了。"

我叫道："你不能耍赖，我所有的功课全及格了，是你输了，你必须兑现诺言。"

小女子笑吟吟地说："可是，关键的问题是，我没有头发啊。"

小女子的手伸向自己的头发，一用力，那瀑布似的头发被摘了下来——是的，小女子的头上光秃秃的，没有一根头发。

教室里鸦雀无声，大家都望着她。

"我曾经有一头浓密的秀发，可一年前，我被确诊患了肾小球坏死，大剂量的化疗赶走了我的头发。"小女子指着手中的发套看着我说，"它不是我的头发，所以，我说你永远不会赢。"

有微风吹过，林老师手中的长发瑟瑟地抖动着。

在灾难面前，林老师表现得是那么俏皮、冷静、智慧和善良，她拨动了我心灵深处的感动和温顺，热乎乎的眼泪顺着我的脸颊滑落下来，我狂躁逆反的心灵第一次被某种东西震撼和感动着。

我走上讲台，轻轻地将假发戴在她的头上，颤声说："林老师，您说得对，我输了。"

林老师笑吟吟地说："可你也赢了，你赢得了善良和感动，你赢得了你可以改变自己的毅力和勇气！好孩子，顺着这条路走下去，你将会赢得更多。"

象棋老帅的报告

〇张　峰

象棋委员会：

我是中国象棋的老帅。我们象棋自被发明以来，一直没有做过什么规则上的革新，死守着冷兵器时代的老法了，实在跟不上当今改革开放的时代步伐。这不，越来越多的人改下围棋和国际象棋去了。作为中国象棋的老帅，我觉得脸上无光啊。

为了适应当今时代，吸引更多的人来下中国象棋，老帅我认为应该与时俱进，修改游戏规则，现将我的几点想法汇报如下，请委员会审议：

一、关于老帅我的活动范围

我以为应该给老帅我更大的活动空间。说实话，我对我在棋盘上的中心地位是比较满意的。不过，眼下的规则，限制了我的活动范围。作为"一把手"，成天被关在深宫里，自然会闷得慌。你们看看现如今的领导，谁不经常出去走走？对老帅我来说，出国可能是危险了点儿，咱就忍痛割爱，那楚河汉界就别过了，可在咱领导的这一亩三分地里，总应该享有充分的活动自由吧。要不，成天待在办公室里，这领导当得还有啥意思？

二、关于士的设置及步法

士是我的身边人，时刻护卫着我。如今，警卫手段越来越先进了，再设两个士显得有点儿乏味。我觉得保留一个就行了，另一个换成贴身秘书，当然是女秘书。另外，士的步法也要有所改变。过去老让士走"邪（斜）路"，这样政治影响很不好。

三、关于象的步法

象作为我的谋士，当然应该时刻以我为中心，因此，他的步子不宜迈得太大。而且，在过去的规则里，他还经常一飞就飞到了边界线上，远远超出我的视野，这样很危险嘛。所以，象的步子应该适当调小一点儿。

四、关于马的设置

马在冷兵器时代的战争里，立下过汗马功劳，算是个能人，免不了有点儿居功自傲。现代棋战中，应该加强对这种能人的管理，建议以定期给马评定职称的办法，加强对他的宏观调控。

五、关于车的设置

今日的领导，已经越来越离不开车。作为主帅，不配备一部专车就太落伍了。因此，建议从战场上抽回一辆战车，专门供老帅我驱使，出去考察取经或下基层也方便一些。

六、关于炮的控制

作为现代化的武器，炮的威力的确很大，正因为如此，更要加强管理。要建立起严格的开炮审批制度，开炮的审批权要牢牢掌握在我的手里。

七、关于兵的设置

任何时候的战争都不能离开兵，而且兵要对老帅绝对忠诚。所以，以往的规则里，兵一往无前，不许回头，这一点我还是挺欣赏的。不过，越是高科技社会，越应该讲究等级秩序。让兵去拱人家老将，就有点儿大逆不道。我建议削减兵的战斗力，制止其拱老将的越权行为。

此外，在棋盘上的战斗中，常常出现老帅被自己的手下堵在家里，以致被敌人将死的情形。为突出老帅的中心地位，关键时刻，还应允许老帅"吃"掉自己的部下以求得自身的生存。棋盘上还应该允许走投无路的老帅投降，老帅只要打出白旗，对方就要予以收容，并让其继续享受统帅级待遇。

若依以上方案对中国象棋游戏规则进行改革，小小的棋盘将成为权力者的乐园。热爱象棋的人将会迅猛增长，中国象棋的春天就将到来。

特此报告。

象棋老帅

我的爱情与金钱有关

○岳　勇

办公室新来了一名打字员，叫玲。她的电脑桌就在我办公桌对面，一抬头便可以看见她那长发披肩优美动人的身影。

玲二十来岁，是一个性格开朗清清爽爽的女孩子。她喜欢穿 T 恤衫和牛仔裤，喜欢笑，喜欢吃零食。

我清醒地认识到自己已经无可救药地爱上玲了。而玲呢，对我也颇显亲近，买零食总少不了给我一份，还常跑到宿舍向我借书看。

暗恋一个人实在是一件痛苦的事，好多次我都想告诉玲我喜欢她，可话到嘴边却怎么也说不出来，我真恨不得打自己几耳光。最后，我实在忍受不了，就写了一封情书，把想说的话写下来。

下了班，我站在公司门口，看见玲走出来，冲过去把那封揣在口袋里已被我捏出汗水来的情书往她手里一塞，掉头便跑了。远远的身后传来了玲莫名其妙的"喂、喂"声。

跑出好远，我的心还在怦怦直跳。

第二天晚上七点半，玲打电话约我到石花公园门口，说有话要对我说。

我知道有戏，兴奋得差点跳起来。哪知在石花公园见了面，看着身着连衣裙打扮得漂漂亮亮的玲，我一紧张，老毛病又犯了，脸红耳赤，半天说不出一句话。

玲又好气又好笑，让我在石凳上坐下之后，看着我说："阿勇，我想问问你，昨天下了班你为什么要无缘无故塞给我100元钱呢？"

"什么？"我差点儿跳起来，"昨、昨天我给你的是100元钱？"

"是啊，你以为是什么？"

"我、我……"我又说不出话来了。真该死，怎么会在关键的时刻犯这种致命的错误呢？

不过，我一听说她并未看到我写给她的情书，紧张的心情顿时舒缓了不少，说话也不结巴了。我接口说："哦——是这样，我知道你刚来公司，开销比较大，怕你钱不够用，所以就……"

"就借100元钱给我？"

"正是，正是。"

玲看着我如释重负的样子，忽然笑了起来，说："你真是雪中送炭，我在外租房住，现在正缺钱呢。你身上还有钱吗？再借我50块好吗？"

"好，好！"我一听，赶紧掏钱。

不久后，发了工资，玲将钱还给了我。为了表示感谢，还请我看了一场电影。

一来二去，我和玲熟悉了，跟她说话再也不紧张了。

几个月之后，玲就在不知不觉中成了我的女朋友。

一年后，我被提升为公司部门经理，我们的婚礼也在这一天举行了。

婚后，我们一直生活得很幸福。

有一天，妻子在浴室洗澡，叫我帮她拿一件衣服。我打开她的衣柜，发现角落里竟藏着一本书，我随手一翻，从里面掉出一封信来。

我拾起一看，竟是我几年前写给她的那封情书。

我心里一震，冲进浴室一把抱住了她……

还 钱

○金长宝

　　我一直都想打电话给秦五。理由很简单，因为他欠我两百元钱。两百元钱并不多，但对我来说却有不少用处——比如我的皮鞋破了，一直想买双新的；外套旧了，想换件漂亮点儿的；再比如，两百元钱足够让我请办公室的几个家伙下馆子狠狠地喝上一顿……我可以肯定地说，就是因为这两百元钱迟迟没有到位，我的这些愿望一个都不能实现。

　　我已经记不清秦五是怎么借我两百元钱的，但我清楚地记得他的确是欠了我钱，而且绝不是一百或三百。其实我用不着打电话给秦五，每天上班的路上，我都会看到秦五骑着自行车去上班。当然他也会看到我，每当看到我的时候他总是朝我点头，龇着嘴对着我笑。而我则眼巴巴地望着他，恨不得从眼睛里挤出那几个字——你欠我两百元怎么还不还？但每次我都没有说，我相信秦五也是知道这件事的，我也相信如果秦五有钱一定会还我。就是这样，我一次又一次地目送秦五从我身边经过，那句话却一直没有说出口。

　　直到有一天，我的皮鞋终于"张口"了，我决定，我也要向秦五张口了。

　　那天早晨，我远远地望见秦五朝这边来了，近了，近了，我觉得我应该将车子停下来等他，否则又会让那家伙从身边溜走。终于到了面前，我眼巴巴地望着秦五，就在我准备说出那几个字的时候，我发现秦五也眼巴

158

巴地望着我，一副可怜巴巴的样子，好像在说，容我几天吧，过几天我一定还你。

我终于还是没有勇气说出那几个字，只是亲切地问候了一声，早啊！他也回了我一句，早啊！说完便头也不回地走了。

后来我买了新皮鞋，因此在相当长一段时间里，我几乎忘了秦五欠钱的事。只有当我的皮鞋又破了，或者衣服又旧了的时候，我才会想起来秦五这家伙还欠我两百元钱。而且每每想起，心里总是隐隐作痛，为什么我还不找秦五要回他欠我的钱呢？

我发誓一定要找机会向秦五讨还欠款，不一定非得在上班路上，上班本来就很急，也不太好开口，但可以趁他领工资的时候，或者趁他打麻将赢了的时候啊。

那一次，我去银行领工资，恰巧碰到了秦五。当时他手里正好捏着一沓钱，正准备往口袋里塞。我连忙冲上去，一把抓住他的手，夺过钱说，小样儿，一个月领不少钱嘛！借两百元给兄弟花花啊？我以为这么一说，秦五立马就会明白我的意思，但秦五只当我是和他开玩笑，也一边笑着，一边将钱夺回去，说，小样儿，你还跟我哭穷，谁叫你就知道把钱交给老婆，自己身上一分钱都不带！说完便将钱塞进了口袋，然后"噌"地溜走了。我再一次扑了个空。

我实在是想不出什么好的办法来了！

就在我快要绝望的时候，一天晚上，秦五主动打电话到我家里。我很兴奋，慌忙拿起电话，生怕漏接了。可一通电话，我又失望了，秦五只是叫我去他家吃饭。

我犹豫了一下，莫非秦五是想请我去他家吃一顿饭，就将我们之间的账给抹掉吗？那我岂不太亏了？但我转念又一想，吃完饭，秦五肯定是要打麻将的，倘若他赢了，说不定一高兴就将钱还给我了呢！倘若我不幸输了，正好和他抵账。

还是去吧!

就这样,我去秦五家吃饭了,吃饭的还有秦五的一些同事,原来他是叫我来陪客人。吃过饭,秦五那家伙自己没打麻将,反倒叫我陪他的同事们打。我一向不习惯带钱出门的,只好找秦五的老婆借。秦五跟他老婆去了里面的房间,半天才出来。为了照顾我的面子,秦五老婆转到我的跟前,偷偷地将两百元钱塞在我的上衣袋子里。

我感觉秦五老婆的这个动作是如此熟悉,这让我突然想起了一件事,上次的时候,也是在秦五家吃过饭后打麻将,我没有带钱,秦五老婆以同样的方式借给我两百元钱。

我现在才恍然大悟,怪不得秦五之前会莫名其妙地找我"借"了两百元钱!

做了一天"局长"

○王兴伟

　　我是平民百姓，一生从未做官，但是多少年来，单位同事们都戏称我为"局长"。这里的"典故"发生在 1981 年国庆节。

　　当时，我们杨浦区教育学院语文组同仁一行十来人，赴绍兴旅游。我们访名胜、观古迹、游山水、看市容，心旷神怡，不亦乐乎！然腹中空空上饭店就餐时，却见食客很多，须等多时方能充饥，且服务员态度冷淡，对我们爱理不理的，叫人大倒胃口。"大锅饭"时代，服务态度不好是各行业的顽症，也不奇怪。晚上议论此事时，小薛忽生一计，说明日如此这般，准能顺利吃饭……并拍着我的肩膀说："老王，这个主角当然由你来当！"

　　"行！"我笑着答应道。学生时代，我是学校话剧队主要演员，演技还不错，这个角色我一定能演好。

　　第二天中午，我们走进一家大饭店，仍见桌桌满座。我们大摇大摆朝服务台走去，小薛高声叫道："王局长，就在这里用饭吧！"我皱着眉头，用"山东官话"说："人这么多啊！"

　　小薛对服务员说："我们局长听说这里菜好，来吃顿饭，有空座吗？"

　　"喔，有，有！"服务员忙说，"请跟我来，上楼！"

　　我们一行人浩浩荡荡上了楼，楼上果真留有雅座。

　　服务员麻利地抹桌擦椅，热情招呼我们坐好，送上热茶和菜单。

"局长，请您点菜！"小薛拿过菜单说。"局长，请您点菜！"群众角色们一起帮腔。

"哟，大家随便点几个菜算了，别太多，浪费了影响不好。"我又操着"山东官腔"说。

"那就我来点吧。"小薛赶紧利索地点了几样菜。

这时，我看了看手表说："啊呀，两点钟我要去看饮食公司的李处长，我们是老战友了。"

小薛忙对服务员说："我们局长还有事，能不能快点上菜？"

"好好，马上上菜！"服务员飞也似的跑去了。

不到两分钟，一盆一盆的菜连续端了上来。其中一道醋熘鱼块却是黄鱼做的。小薛说："怎么是黄鱼？我们局长喜欢吃河鱼。"

"喔，那我去换一盆。"服务员连忙就去换菜。

"局长请！"小薛举起了酒杯。

"局长请！"群众角色们也举起了酒杯。

小杨不失时机地举起照相机，闪光灯一亮，旁座的食客们无不对我注目而视，肃然起敬。

席间，女服务员不时地照应，恭恭敬敬。

我们边吃边谈笑风生，我不时地说些我的"革命经历"："想当年，我14岁就参加了新四军……"

好几个人都忍不住想笑，尤其是小魏，她脸憋得通红，差点大笑起来。只有小薛煞有介事，感动地说："局长，您真是个老革命！我敬你一杯！"

饭吃好了，服务员及时送上热毛巾。小薛说："局长，这里的服务态度很好，您去对李处长说说，表扬表扬。"

"好的，好的，"我站起来，微笑着向服务员伸出了手，"谢谢你，谢谢你！"

她受宠若惊，赶紧把手在饭单上擦了擦同我握手："不用谢，局长，这是我们应该做的！"

大家簇拥我下了楼。走出店门，个个熬不住捧腹大笑，并一致称赞我这个主角演得好。

我们爬山累了，见一茶室无人，走进去坐下休息。一服务员却过来下逐客令，叫我们走，说不喝茶不能坐。小薛指着我说："我们局长坐一坐也不可以吗？"我看了那服务员一眼，他竟吓得不做声溜走了。

我们又到东湖乘乌篷船游湖。十来人应该分乘两艘船的，可有人主张大家同乘一艘船。起初一个老船夫同意了。大家陆续上船，小薛搀扶着我说："局长，当心点儿！"并大声对船夫说："师傅，我们局长在，你要好好划噢……"

"啊，局长？"老船夫瞪大了眼，"不行，我负不起这个责任……"

弄巧成拙！一声"局长"把他吓住了，他不敢冒险行事。终于，一个很年轻的船夫愿意做这笔生意。我们十来人挤在一只小船上。开始时，碧波荡漾，清风拂面，大家哼哼唱唱，兴高采烈。后来船行经深水区，峭壁奇岩下，幽深洞穴中，凉飕飕，阴森森，令人毛骨悚然。小船超载，要是出事，怎么得了！大家很害怕，憋住气，不敢出声。不识相的小薛还不断对船夫说："我们局长在，你要当心，别把船翻了！你要负责！"初时船夫不语，不料后来他很不悦地说："负什么责！掉下去不管局长不局长，统统完蛋！"

此番旅游，唯这位船老大不惧我这个"局长"。

就这样，在那个年代，在阿Q的故乡，我做了一天"局长"。从此，大家就叫我"王局长"了。

文人的刀

○田 将

当一支笔和一把刀摆在他面前的时候，他选择了前者。许多年后他成了明朝著名的文官，只因为他的笔。

岁月的流逝洗刷掉了大明的血性，北京的圣殿里徒自瘫坐着一个疲惫的王朝。山海关外，强劲的长风中喧腾着清军八旗铁骑的步伐。偌大明朝，竟找不出一个武官去做守将。守军士气低迷，虽有坚固的城墙，却挡不住清军的咆哮。

一切已成定局。可是他不甘。

于是，他毅然放下他钟爱的笔，脱下他飘逸的长袍，用漆黑沉重的盔甲裹住几根瘦骨迈步边防。

欲扶大厦于将倾，他叫袁崇焕。

在他前面是清军威严的马队、森然的刀，在他背后是整个大明的羞愧和无奈。

他去了，走得倔强。

赫赫山海关，守将是一个文人。

山海关的士兵看到他时，先是惊喜后是失望。惊喜的是朝廷终于派来了守将，失望的是这人是那样的弱不禁风。

就在守军惊喜和失望的目光中，袁崇焕开始整顿了。涣散的军队开始勤于操练，城墙更加坚固，一切都显得那么井井有条。

清军来了，个个披坚执锐。守将没有惊慌，依然指挥若定，士兵在他的指挥下个个勇猛无比，城下清军尸首堆积。风吹散了他的头发，吹不散他坚定的眼神。

　　一批批清军冲过来，倒下，又冲过来，再倒下。一天一夜打下来，山海关固若金汤。

　　清军败退了，守军胜利了，似乎可以庆祝了。可是袁崇焕知道他们还会来，他没有庆祝，只是静静地指挥部下做好战后修缮工作。

　　这一战鼓舞了士气，朝野上下长长地出了一口气。

　　努尔哈赤认为袁崇焕是一头狮子，而大明是一头肥猪。现在的情形就是一头狮子守着一头猪，只要收买了袁崇焕，大明也就结束了。可是袁崇焕并不动心。

　　努尔哈赤发怒了，他决定屠狮。他亲自带军杀向山海关，袁崇焕早已严阵以待。

　　一场惨烈的战斗开始了。从黎明到黄昏，再到黎明再到黄昏，双方都伤亡惨重。清军逼至城下，正撞城门。山海关危急。

　　有人劝袁崇焕弃城。袁崇焕什么也没有说，只是他的眼睛里面仿佛燃烧着火焰，愤怒的火焰。

　　他用沙哑的喉咙吼了一声："备马！"

　　他那本该握笔的手拔出了战刀，冲了出去。

　　他没有练过刀，可是他还是冲了出去，没有丝毫的迟疑，就仿佛那血淋淋的战场不过就是一张大纸，正等待着他握着笔去泼墨挥毫。

　　守关的所有将士都愤怒了，他们全都像脱弦的箭一样冲了出去。

　　愤怒使他们全变成了一把刀，一把无比锋利的刀，由这些刀组成了一个强大的刀阵，被一个文人握在手里当做大笔。清军成片倒下，努尔哈赤重伤。清军在死亡和后退之间选择了后者。山海关依然固若金汤。

　　原来大明的最后一点血性流淌在一个文人的脊梁里，最后一点强悍涌动在一个文人的笔尖下。

后来他死了。死在奸臣的忌妒里，死在皇帝的不信任里，死在清军的离间计中。

从他死的那一刻起，明朝走向灭亡。

但史册中他活着。

是一个文人。

一个拿着刀的文人。

相 亲

○王新战

工作半年后，可能是单位的人对我各方面都比较了解了，感觉小伙子还说得过去，当得知我还是"孤家寡人"时，给我介绍朋友的就纷至沓来了。其实我早就想结束自己的单身生活，无奈上大学时一直安心读书，也缺乏追求爱情的操作技巧，以至于错过了谈恋爱的最佳时期，现在只好像鸭子一样被赶上了相亲的"架"。

第一次相亲充满了好奇和新鲜，我也费了不少心思来准备。可惜对方见面后得知我是农村来的，就再也没有和我联系。其实都怪介绍人没有讲清楚，早知道这样，何必浪费双方的感情呢。不过单位里总有乐此不疲的老大姐，她们告诉我，别怕，多见几个好挑选。我想想也是，买东西还货比三家呢，何况是挑终身伴侣，多见见总没有什么坏处。半年时间，我竟然见了三十多个，有我一见钟情但人家不满意的，有人家满意但我不想委屈自己的，还有双方都不满意的。

相亲最频繁的时候是在周末，毕竟这时候双方才有时间。我的最高记录是一天曾经相了三次亲，上午一个，下午和晚上各一个。有几次我感觉自己这样做很不道德，见面之前就对介绍人说："我前几天刚见过一个，算不算是脚踩两只船？"结果每个介绍人都白我一眼，说："你连一只船都没有，怎么算是脚踩两只船呢？"

消除了道德负荷，我再相亲见面时也就百无禁忌了。可惜见得越多，爱情似乎就越遥远。我曾经和一个女孩吃过五次饭，看过两场电影，感觉爱情近在咫尺了，但很快，那女孩又见了一个比我优秀的男孩，我就只好再次铩羽而归了。

刚开始，介绍人每次都煞有介事地给我讲对方的学历、家庭以及外貌之类，但她们手里的"媒茬儿"日渐稀缺，往往都是转了几层关系才转过来的，只是简单约好见面地点和时间，到时候两个人准时去就是了。

春节前，我记得好像是情人节前夕吧，我又接到了约会通知：下午五点一个，晚上八点还有一个。下午五点见面后，我请女孩吃了饭，去的还是比较高档的餐馆。因为经历过这么多次相亲后，我对自己满意的对象一般会破费一点儿。吃完饭，我们互相留了电话，我看看表，七点了，女孩说她有事情，就先回家了。

晚上八点是在市里一家咖啡厅见面的，这世界说大就大说小就小，和我见面的还是下午那个女孩。我们似乎都很吃惊，不过还是我先打破尴尬，我笑笑说："你看，咱们应该是有缘分的，都见面两次了。"

可惜我很快就从那女孩的脸上读出了一丝不快，相亲这么多次，我察言观色的本领已经和上学的时候有天壤之别了。

那女孩哭笑不得，可能是对我确实不满意吧，她有点求饶似的对我说："大哥，咱们怎么都这么背。实话告诉你，我晚上十点还要见一个人，不会还是你吧？"

我使劲想了想，诚恳地对她说："应该不是我，因为我还没有接到通知，如果有新通知，我会提前跟你联系核实一下。"

从　前

○田丰军

　　我和妻子回到故乡的那个小村庄，已是二十多年以后的事情。

　　二十多年的光景，小村发生了翻天覆地的变化：低矮的土坯房没了踪迹，取而代之的是一座座光鲜的红砖大瓦房；凹凸不平的乡间土路，变成油光锃亮的柏油路……我们不得不用陌生的眼光重新审视。

　　我和妻子漫步来到村口。

　　村口的那片小树林早已变成枝繁叶茂的大树林。

　　一种久违了的亲切感油然而生，我们不由得步入曲径通幽的林内，轻抚树身，无限感慨！

　　二十多年前，我和她初次在这里约会的情景便再次浮现在我的眼前……

　　我清楚地记得那是一个盛夏的夜晚。白天的燥热已经随同太阳一起隐去。那个夜晚的天气很好，无风。

　　透过树木的间隙，能够看得见天上的月亮。月亮不是很圆，但很明亮。

　　明亮的月光下，她比我还要紧张，头一直保持着微垂状，目光盯紧脚面不放，这让我无法看清她的脸。她的两只手就没有离开过胸前的辫梢半寸，在不停地摆弄，完全没有要停止的意思。

　　事先我做好了充分的思想准备，而且我不止一次地预想过我和她约会的场景。

我们居住在一个村子里，而且我们两家离得很近。每一个黎明与黄昏，我在自家的院子里可以看到她在家门前晃动的身影。在我眼里，那身影正逐步由模糊变得清晰、由娇小变得苗条，继而不断地丰满起来。

虽然，小时候我们还在一起玩过，但随着年龄的不断增长，我明显感觉到我们之间存在着的那种男女之间的羞涩感，正悄然地加深加重。

夜晚，在这寂静的小树林里，我们开始了第一次约会。无法抑制的欣喜与狂跳不止的心不仅仅撞击着我的胸膛，而且冲击着我的大脑，大脑一片空白。事先的思想准备白做了，等于零。计划好了的话语无处可寻，越着急越不知道自己该说些什么该做些什么。

不知所措。

沉默，如同一幅画。这幅画将我包裹，我被困其中。

我在努力，努力寻找走出这幅画的途径。

最终，我拿出男子汉的气概，鼓足了勇气，大胆地说出了第一句话……

当然，这是一个非常老套的约会场景。放在今天，它老得土得有些掉渣儿，但有谁能够说它不是真实的呢。

时光荏苒。婚后，我就带着妻子南下，过上了打工的生活。

在生活的艰辛与辗转中，我们常常思念家乡，思念家乡的父老乡亲。当然，也会很自然地想起村口的那片小树林，那里有属于我们最美好的回忆。

与此同时，我们共同惦念着家乡的亲人是否安好，时常猜想家乡的变化有多大，村口小树林里的树木应该有多粗了、多高了……

日子在我们的思念与猜想之中缓缓而过……

如今，我和妻子故地重游。

一棵粗壮的大树前，妻子望着我微笑着问：你还记得当年我们第一次约会吗？就是在这个位置，这棵树下。你站在这儿，我站在那儿。

还记得你说的第一句话吗？她又问。

当年的那个夜晚，我对她说，你真美。让我亲你一下行吗？

我的话让她措手不及，结果可想而知，她拒绝了。

这件事情现在想起来就好像是发生在昨天一样。怎么会不记得呢！

想起这件事，妻子又笑了。笑够了，她小声地对我说，当时你也真是的，想亲就亲呗，干吗还要问人家呢？傻帽儿！

妻子的脸有些红了，她好像又回到了我们初次约会时的少女时代。

听了她的话，我轻轻地叹了口气。

唉！要是回到从前……

不可能回到从前啦！妻子摇摇头。

妻子的话很有道理——有些事情永远都无法回到从前啦！

这次，我们回到家乡就是来办理离婚手续的。

把匕首藏在哪里

○王 巍

我把匕首藏在怀里。我觉得这样对我不是很安全，到时候动起手来对方要是一推我，匕首就可能刺进我的心脏，我不能这么藏。

我把匕首掖进腰间。这样做我觉得不是很舒服，一个硬邦邦的家伙顶着腰，还没有动手就有一种被别人拿下的感觉。我把双手往上举了举，知道是自己没把匕首掖对地方，就急忙把匕首从腰间拔出来。

我必须把匕首藏在一个又安全又能在关键时刻派上用场的地方。我回忆自己看过的武打片，突然就想到了美国大片《第一滴血》，史泰龙扮演的那个硬汉的匕首是藏在马靴里的。我觉得藏在马靴里比较科学。

我到商场里花五十块钱买了一双过了时的马靴穿上。我把匕首藏在马靴里，把风衣的领子立起来，迈步出了门。

街上人来人往川流不息，没人注意我，这让我心里很踏实。我既然是个凶手，如果没有人注意我我就会安全很多。我想在人群中寻找我要攻击的目标，我知道这是徒劳的。现在是上班时间，马经理一定在他的办公室，再说马经理出入有车，我这么寻找肯定发现不了他。我于是尽情地把目光落在从我面前经过的每一个漂亮的女人身上。很久没有这么肆无忌惮地看女人了，今天我穿得酷，看一看又何妨？再说我身上带着匕首，估计没人敢惹我。

经过福大爷的修鞋摊，我想远远地绕过去，但还是被福大爷喊住了。

福大爷从头到脚打量了我一番，那眼神像是在看马戏团里敲锣的猴子。福大爷说，小子，打扮得跟绑匪似的在街上瞎溜达什么？

福大爷这么一说把我吓一大跳。我说福大爷你胡说什么，我没事这不遛大街玩吗。

福大爷说你不是在什么大酒店当保安吗，怎么突然就成了大街上的便衣警察了？我说福大爷你不知道，酒店欠我一年的工资不给我，老子不给他干了。

福大爷摇摇头，说把你的马靴脱下来。我一惊，说福大爷，我可什么也没有做呀。福大爷说，这么好的马靴钉上掌可以多穿几年，快脱下我给它们钉上掌。

我说谢您了福大爷，我知道您和我爸是老哥们儿，您不会跟我要钱，可我现在有急事。说完赶紧跑了。

我想真是危险，要是让福大爷发现了我的秘密，那我什么也干不成了。看来，把匕首藏在马靴里也不是万全之策。

我拐进了一家医院，我说医生麻烦你给我打上绷带。那个头发几乎脱落殆尽的男医生奇怪地打量着我，眼睛里充满疑惑。我说我给你钱！医生摸了一下我的脑门子，说给钱也不行，这是我们的职业道德。他随手写了一行字递给我，说你最好到这里去看一看。我认得那行字，是一家治疗精神病的医院。

我花了八十块钱到一家按摩院好说歹说让人把我的胳膊脱了臼。花了三十块钱买了一个准备出院的骨折病人的 X 光片子。我拿着片子拖着胳膊又花了一百二十块钱到一家私人诊所上了夹板打了绷带。这一番折腾让我浑身直冒冷汗。这更增加了我的仇恨：马经理，今天我要给你点颜色看看！你今天不把拖欠我的工资给我，我就……

我用白布包了匕首，把它放进夹板里，正正好好，不露痕迹，天衣无缝。我觉得自己这么聪明却没考上大学，真是白瞎了一个人才。

进了酒店大厅，富丽堂皇的水晶吊灯炫得我几乎睁不开眼。我用另一只手扶了扶吊在胸前的绷带，生怕匕首会反射出光来。服务员点头向我问好。我仰着头说我找你们马经理。服务员到吧台拨了个电话然后微笑着对我说，马经理不在。

我说我可以等。

我又说我可以等！

一会儿过来四个保安，说马经理有请。

我对走在我身边的四个保安说，哥们儿，去年我也和你们一样在这里当保安。他们表情漠然没一个人说话。我想他们怎么和我那时一个德行！

我终于见到马经理了。马经理从老板椅上站起来，有力地握住了我吊着绷带的那只手。我一阵撕心裂肺的疼痛。我知道机会来了，只要我把藏在夹板里的匕首突然掏出来，就可以轻松地刺进马经理肥胖的身体。我瞥了一下周围的保安，他们似乎对我没有任何警惕。

我捂住疼痛的胳膊，突然声泪俱下地说："马经理，你就可怜可怜我，把工资给我吧，我爹正等着用这钱抓药呢……"

马经理朝保安使了个眼色，保安把我从经理室架了出来，然后砰的一声关上了门。我听到马经理在里面喊道，再胡闹，报警把他抓起来！

父亲还在床上躺着，把我抓起来可怎么办，何况我身上还有一把匕首。警察一发现麻烦就大了。我把匕首往绷带的夹板里掖了掖，从酒店里逃了出来。

走在大街上，有个人突然拍了拍我的肩膀说，小伙子，你的胳膊流血了。

我低头看了看，我的鲜血已经洇红了绷带，正往外滴着。我知道那是被匕首刺的。

我感到一阵钻心的疼痛，一阵眩晕，躺倒在路边。

夜　伏

○覃志江

　　不知是哪儿的狗，叫了几声后又不叫了。刑侦队长曾华和他手下的小波已在这离村口不到 100 米处的草堆中蹲守了三个多小时。

　　曾华对这里的山山水水再熟悉不过了，他就是在这个村里长大的。他已经有几个月没有回家了，一直在忙着一起缉毒的案子。据查，毒贩贩毒改变了以往的交易方式，改在每天半夜里在这个村的村头一手钱一手货。这些天曾华都是在夜深人静时率队悄悄来到这儿设伏，要一网打尽这伙毒贩。

　　天就要亮了，一直没发现什么情况。瞌睡一阵阵袭来，现在是最难挨的时候。曾华在告诫自己，找一些什么事来想一下吧，千万不能睡着了！

　　因为是在自己的家门口设伏，所以他就老是想起他新婚不久的弟弟。自从弟弟结婚之后，一直都没见到过他，最近他过得怎么样了？等抓到这帮贩毒的家伙，一定要回家去看看弟弟。曾华家里也没什么人了，父母早亡，就给他留下这么一个弟弟。曾华对弟弟很是感激的，因为就是这个弟弟外出打工攒钱供他到警校读书，都三十出头了，才勉强娶下了一个已离异的女人。

　　想想弟弟，又想想自己，自己是该结婚了。局机关的小薇，不知为什么就看上自己这个穷光蛋，催促他快点把两人的事办了。可弟弟结婚时，花了一笔不小的开支，原来想叫小薇把铺盖搬过来凑合着住就算了，但想想又太委屈了这姑娘，人家毕竟是大学教授的千金啊。

弟弟也知道了哥哥的难处，他握着哥哥的手说："哥，你别急，你结婚的钱，我来凑……"

"弟呀弟，哥欠你的太多了。"他这样想着，总觉得太对不起弟弟。

月亮躲进了云层。前边的狗又一阵乱吠，随即传来杂乱的脚步声，曾华睁大了眼睛，他推推身边的小波，低声说："有情况！"

在村头，四五个黑影正蹲在地上交换着什么，曾华命令各小组迅速靠近，从四面合拢包围。一声令下，潜伏的民警一跃而起扑向这堆黑影。

发觉情况不妙，这伙人顿如惊弓之鸟，四处拼命逃窜。曾华朝一个黑衣男子追了过去。

黑衣男子逃窜速度之快，对地形之熟悉超过了曾华的想象。当曾华追到一个涵洞口时，他看到黑衣男子脚下一滑，一屁股坐在了地上，但很快，黑衣男子又爬了起来，并且一下子就没了人影。曾华愣了一下之后，垂头丧气地转了回来。

"报告曾队长，除了你追的那个之外，其余的四人全抓获了，搜到几包白粉。"

"知道了，收队！"曾华没好气地说。

他们知道，曾队长觉得丢人，因为就他空手而回，所以大家没再多说话。

局里已经得到消息，曾华他们回到局大门口时，局领导围上来向他道喜，然而曾华怎么也高兴不起来，一副心事重重的样子。小薇向他表示祝贺时，被他莫名其妙地吼了几句，说她多管闲事。一问，才知道是他追跑了一个人，他输不起这面子。

曾华呆坐在办公室里，一根接一根地抽烟，直到小薇进来，狠狠骂了他几句没出息，他才熄灭了手中的烟头。

曾华把小波和阿兵召来，说这几天辛苦了，要他俩一起到他弟弟家打打牙祭。

　　弟弟杀了一只鸡，很热情地招待他们。餐桌上，曾华一直没说话。但他给弟弟夹了三次菜。

　　要回去了，曾华对弟弟说今天他买了很多水果，要他去拿一些回来吃。临上车，曾华对小波和阿兵说，车子一驶出村口，就给他上铐。小波和阿兵面面相觑，都不解地看着他。

　　曾华把脸一沉："执行命令！"

　　原来，今早曾华追赶到涵洞下面没见了人影时，就想到这人是否就是自己的弟弟。小时候他们经常在这里玩捉迷藏，发现这涵洞下面有个很隐蔽的小洞能通往他家的后菜园。能这样轻车熟路地从他眼皮底下消失的，绝对不会是别人。而踏入家门时，他一眼就看到挂在阳台上那件湿漉漉的黑裤子，屁股上那团黄泥巴更证明了自己的判断。

保 姆

○刘卫平

玉嫂被人介绍到城里做保姆时，很是犹豫。

玉嫂有两个孩子，一男一女。女儿高中毕业到广东打工去了，小儿子正读初中。

玉嫂有点放不下心的就是这儿子。如果自己去城里当保姆了，谁给他洗衣做饭？玉嫂的男人当然可以做，但一个大男人，平时没做惯，又要干农活儿，玉嫂怕他们爷儿俩照顾不好自己的生活，影响儿子的学习。

介绍的人催促说："去吧，人家是个大官呢，不会亏待你的，好多人打着灯笼都找不着这样的好事哩。再说你孩子读书，今后不也需要很多钱吗？"这话说到玉嫂的心坎上去了。

儿子读书，玉嫂缺钱。

所以玉嫂就去了。一路上玉嫂心里空空落落的。家里没个女人，就不像个家了，不知自己男人会把家里搞得怎样邋遢呢。

玉嫂一狠心暂时放下了那爷儿俩。玉嫂就问那个做介绍人的熟人："不知道到大官家里当保姆，吃不吃得消？"

熟人说："不瞒你玉嫂，也是左选右选才挑上你哩。城里人找保姆也是难的。又要能干，又要身体好，又要思想好，又要年纪大一点儿——太年轻的妹子人家老婆不放心。特别是人家这个当大官的，也是托了好多人找保姆。我觉得你最合适，才选中你的。"

玉嫂就想，原来当个保姆还有这么多名堂啊。

玉嫂又想，要说做那些家务事，即便要做出朵花来，自己也是不怕的。只是听说城里有好多的名堂、好多的花样，特别是在人家当大官的家里，不知道自己适不适应？玉嫂想，如果做不了，大不了就不干，回家。玉嫂平时干活儿的泼辣劲上来了，心里就有了底气。

一到主人家，第一件事就是检查身体。这是玉嫂没有想到的。跟着主人委托的医生做体检，玉嫂的嘴里直嘟哝："我又吃得又做得，搞什么体检，花费这冤枉钱！"玉嫂有玉嫂山里人的道理，人家有人家城里人的道理。这回，玉嫂顺了城里人的道理。

玉嫂在主人家洗衣做饭，这是玉嫂的拿手好戏。那家三口人，儿子已经上学，不要接送了，所以玉嫂的工作，就是洗衣做饭。玉嫂把饭菜做得爽口开胃，玉嫂把衣服洗得干干净净。拿了人家的钱，就要把事做好。山里人这个理，玉嫂刻在心里。

主人家每天在冰箱顶上放些零钱，玉嫂拿着上街买菜。玉嫂买菜有一个特点，只要是买蔬菜，玉嫂从不还价。玉嫂有玉嫂的理儿：自己是农民，知道种菜不容易。

一个月到了，玉嫂想回趟家看看。女主人答应了，但不是太爽快。从城里到玉嫂那个山冲冲里的家，要坐好几个小时车，车费要花五十多块钱。

玉嫂到家，见到家里果然变得混乱不堪。玉嫂发狠劳作一天，把家里搞得清清爽爽，才又心里空空落落地赶回城里。

玉嫂觉得主人应该给自己报销车费的。但主人不说，玉嫂也不讨。玉嫂每天去买菜，先从买菜的钱里拿出两块钱出来，放到自己另外一边的口袋里。

玉嫂每天都这样，玉嫂每月从菜钱里扣五六十块钱，算是车费。玉嫂每月回一次家，玉嫂觉得主人应该给自己报销车费的，这也是山里人的道理。

玉嫂所在的那家男主人，才四十多岁，却真是个大官。玉嫂见到好些人来他家送礼。行贿送礼的事，玉嫂以前只是听人说过，现在玉嫂真正看到了。玉嫂越来越觉得这样的事很没道理。

一回，晚上，主人不在家，有人敲门送礼。

玉嫂开门问："你是这屋里的亲戚吗？"

那人满脸堆笑说："不是。"

玉嫂又问："你是这屋里的朋友吗？"

那人讪讪地说："也算是吧。"

玉嫂再问："你提的这些东西，要人家付钱吗？"

那人讨好地说："一点小意思，怎么会要钱呢。"

玉嫂说："又不是亲戚，又不是朋友，送东西又不要钱，你这不是想害人家吗？"

玉嫂说完，门都没让那人进，就"砰"地把门关了。

这样的事发生了好几次。后来主人就听说了。主人问玉嫂，玉嫂说："我是没让这些人进门。我总琢磨着，这样的事，好像不在理儿。"

主人就没说什么。后来，主人的父亲到他家来，听说了，一个劲儿夸玉嫂，说她做得好。主人的父亲退休前也是一个不小的官，他说："贪污受贿的事，是坚决不能干的。"他还对玉嫂说，好好在这儿干，到年底了，我来给你发奖金。

这么一席话，玉嫂听了很受用。玉嫂想，毕竟是老干部，最明白事理。

玉嫂，这个从大山里来的皮肤有点黑身材有点粗壮的农村阿嫂，凭着她的山里人的道理和逻辑，就这样在城里度过了将近一年的保姆生涯。她的生活是充实的，她的心里是一直记挂着大山里的那个家的。

玉嫂的保姆生活后来被突然发生的一件事所打断。男主人因为经济问题被关了起来。玉嫂觉得很难过。玉嫂要走了。那位父亲对她说："玉嫂，你留下来吧，现在，这个家更需要你了。"

玉嫂的眼睛红红的，她说："我不能再在这里当保姆了。你看，你的儿子，我天天看着他，他还是犯错误了。我屋里那个崽，如果我不回去管着他，将来还不知道变成怎样一个二流子呢！"

不能过去的往事

○潘 军

那年夏天，我从北京参加一个会议回来，乘的是软卧。那趟车于傍晚时分由北京站开出，将于翌日中午抵达合肥。

时值酷暑季节，软卧车厢配有空调，让人感觉还是很舒服的。我是下铺，对面是一位老人。他的衣着很简朴，模样像个老农，我便有些奇怪，那年月坐软卧是要凭什么特殊证明的。心想这老人大概有什么人在北京，否则是进不了这种车厢的。

在老人的上铺是一个戴眼镜的、长相斯文的青年。这个人一上车就躺在床上看书，好像还是本英文书。那位老人呢，原先也是躺着的，却一直沉默着。

这样半个小时之后，我便觉得有些寂寞了，主动和那个青年说起话来。我问他到哪里，他说："合肥。"我感觉他不是合肥人，就又问他是出差还是旅游。他说："上学。"他说他是从日本来的，到中国科技大学当访问学者。而且，他笑容可掬地表示自己的汉语水平有限，说得不好，问我能否与他用英语交谈。我说："那就更不行了，我的那点英语早就还给老师了。"青年听了我这句话表情有些尴尬——我这点幽默他显然没听懂。对面的那个老者似乎是下意识地插了句："我们最好都别说。"听口音他是安徽人。说完，老人就沉着脸望向车窗外，以后就一直坐在狭窄的过道上。这让我有些不悦。列车是公共场所，旅行中的交谈应该是很正常的事，这老头儿也真是太古怪了。不过，即使老人不说什么，我们这个包厢也照样是沉闷的。

不久，列车停靠在天津站，老人下车站了一会儿，顺便从月台上买了点当地的特产。夜渐深了，我感到有些疲乏，便无话找话地问道："几点了？"老人亮出藏在衬衫下的一块"劳力士"手表，说："刚过一点儿。"我着实有些吃惊，无法对老人的身份作出判断，但我更好奇了。我想我应该趁着他情绪好的时候同他聊上几句，就问："您是从北京探亲回来？"老人说："我路过北京，回安徽舒城老家探亲。我是从那边来的。"我这才明白，他是位"台胞"，或许是从前的国民党老兵吧！我没敢问，只说："有很多年没回来了吧？"老人说："40 年了。"列车在这一刻开动了，灯光忽明忽暗地照在老人的脸上，但我还是能看见他的表情显得很复杂。他沉默了，我也不便再多问什么。

列车在漆黑的原野上奔驰着，发出的声响却异常空洞而悠远。老人打了一个哈欠，却仍然坐着。我便说："您去睡会儿吧，到合肥还有 10 个小时呢。"老人摇摇头，用很低沉的声音说："我头上睡着一个日本人。我不能睡在日本人的下面。"我心里剧烈地一颤：原来是这样！

这件事已经过去十多年了，却完整地保存在我的记忆里，一点颜色也没有退去。很多次，都从我的记忆深处泛起。

古 玉

○唐学慧

十月的古城，天高云淡，日丽风清。无业游民王二口叼香烟，哼着小曲，双手揣在裤子兜里，一步三晃荡地沿着古城墙闲逛。看着一个个地摊上的各色古董，王二心中的烦躁疯长。"怎么才能赚到大钱呢？唉！难啊，电信、电力、油、气等垄断行业，小老百姓根本进不去；做小本买卖，各种费税太多，不赚钱；下工地干苦力，又太苦太累。真是难啊。"

正郁闷时，地摊上的一块古玉吸引了他的眼球。这块古玉是一个造型别致的貔貅，材质为青白玉，表面有黄赭色斑。这只玉貔貅呈爬行状，头形似虎，头顶上长着一只角，四肢粗短，头部及脊背上的黄赭色斑更凸显了它的威猛。王二对收藏很有兴趣，虽没有钱满足这一爱好，也没有什么藏品，但他喜欢看电视鉴宝节目和收藏杂志，对玉器有一点了解。把玩着这块貔貅，王二心想，现正兴起收藏热，如果能以低价买进来，说不定能赚几顿酒钱。

王二问道："老板，这块玉卖多少钱？""两千。"用蔑视的眼光上下扫了王二一遍后，地摊老板懒懒地答道。王二看在眼里，气在心里，心中暗骂，王八蛋，势利眼。"三百卖不卖？"

这些年，为了给老婆买到便宜衣服，王二练就了一手砍价的好功夫，下手非常狠。老板斜眼看着王二说："诚心想要，一千块拿走。""五百，怎么样？""不卖。""六百，兜里就这么多了。"王二使出了撒手锏。"不卖。"地摊老板还是不松口。"那算了。"王二起身向旁边的小摊走去。"你等等，看你是诚心想要，六百就六百，亏本卖给你了。"王二暗骂："王八蛋，幸亏老子没说兜里有八百，要不然，又要多出二百。"

交了钱，王二将玉貔貅揣在怀里，心中窃喜，凭着自己掌握的知识，这块玉应该能卖一两千块。拿着这块玉貔貅，王二来到古董一条街，希望能碰到出高价的买主。可连问了十几家，店主最高出到六百。

王二心中很是不爽，心想，这么漂亮的玉貔貅，怎么才出那么点钱？这下糟了，搞不好没偷到鸡反倒蚀一把米。沮丧的王二如同怀才不遇的谋士，失落地向最后一家古董店走去。

反复翻看着玉貔貅，店主的眼里放出了异样的光彩。尽管这光彩仅是一闪，但还是未能逃过王二的眼睛。王二心头一热：终于遇到识货人了，关键是终于可以卖个好价钱了。王二开价两万。经过一番唇枪舌剑，最后以六千元成交。怀着无比的兴奋，王二揣起钱，向酒馆走去，心想以后要以淘卖古玉为生。而那块玉貔貅，则静静地趴在古董店的玻璃柜里，等待着新的买主。

冬天的古城，冷冷清清，古董一条街上更是人迹寥寥。傍晚时分，一位穿着讲究、口叼牙签的人在靓女的陪同下，步入了古董一条街。这人名叫李四，是一家港资公司的老板，喜欢收藏古董。当然，也喜欢讨靓女的欢心。给靓女买了一对晶莹剔透的玉镯子后，李四的眼光停留在了玻璃柜里的玉貔貅上。凭着他多年的收藏经验，他认定这块玉貔貅有一定的收藏价值。看着买主的派头和对这块玉貔貅流露出的喜爱，店主开始向李四推销。"这是一块唐代古玉，距今已有一千多年历史，极具收藏价值。如果你喜欢，以一百万元的成本价卖给你。""三十万。"李四还价道。店主听了，咽了一口唾沫，核桃大的喉结上下蠕动，尽全力压抑着内心的激动。经过一番拉锯战，最终，以六十万元成交。李四满意而归，古董店老板也高兴得几天没睡着觉。

淘到古玉的李四回到家后，专门买了盒子将玉貔貅装起来，然后放在保险柜中。闲暇时拿出来向朋友们炫耀的同时，也收获了不少赞誉。朋友们一致认为他的这块古玉雕工老到、玉质莹润，物超所值，有很大的升值空间。

一位在香港小有名气的古玉鉴赏家，听说李四淘了一块古玉后，也到李四家，想见识见识。鉴赏家手拿放大镜，反反复复察看了玉貔貅的每个部位，摇了摇头说："这块玉看似唐代古玉，其实是一块清代玉，虽品质很好，雕工也不错，但所雕的貔貅形似神不似，因此，最多值六千块。"

听了这位在古玉鉴赏方面有一定造诣的鉴赏家的话，看着曾经让自己高兴了几个月的貔貅，李四的心里如同火炭上泼了冷水，气得直冒烟。"不行，得把钱要回来。"李四用报纸将貔貅包好，坐飞机直奔古城。找到店老板，他要求退回自己的六十万现金。

"售出物品，概不退换。这是商家的规矩。"店老板说道。

"你以清代玉冒充唐代古玉，这属于欺诈行为。我要到消协去告你。"李四毫不示弱。

店主撂了一句："随便，总之，就是不退。"

消协工作人员前来调解，希望双方友好解决。但店主就是不给李四退钱。没办法，消协只能强行解决，对古玉进行鉴定，待确定其实际价格后，店主将差价退还给李四。

两天后，鉴定报告出来：这是一块非常珍贵的汉代古玉，不但极具收藏价值，而且对研究我国汉代雕刻艺术有着重要的意义。具体价格很难确定，但远远不止值六十万。因为保存得好，所以没有像其他古玉一样表面发暗、发涩。因此，就连鉴赏家也被蒙骗了。

李四一听，立即要求撤销投诉。消协工作人员说："这块古玉是国宝，应由国家收藏。我们已通知了文物管理部门，他们将按你的购买价，收藏这块古玉，将其存放在国家博物馆里。"

二舅炒股

〇罗青山

二舅炒股赚了钱，不仅赚了钱，还挣足了面子。

二舅原在 W 市一家化工厂当工人，几年前退了休。尽管他一辈子省吃俭用，到退休时积攒了点钱，但由于子女光景不好，加上近年来物价上涨，日子过得紧巴巴的，四口之家至今仍然住在工厂分的两间破旧不堪的平房里。我在证券所当业务员，收入不高，平日里很少周济穷亲戚。这段时间，股市行情火爆，股价飞涨，我动员二舅投资股市，还帮他选好了股票。二舅咬了咬牙，狠了狠心，把养老的 3 万元积蓄悉数从银行取了出来，砸到股市中去。

忽一日，二舅垂头丧气地来找我。问他赚了多少，他说，还说赚？差点就去跳楼了。我说，你别跟我开玩笑，究竟亏了多少？他说，亏了三分之二，剩下不足一万元了。

我的心"咯噔"一声往下沉：造孽！他家本来就够穷的了，这不等于把他往火坑里推？而且股票又是我替他选的。于是，我自责地说，都怪我，当初不该鼓动你去炒股。

他倒比我豁达，反而宽慰我，亏了无所谓，只是不知哪个龟孙赚了我的钱！说完，狠狠地一甩胳膊，一脸的无奈。

我也安慰他，股票涨涨跌跌是平常事，总有一天会赚回来的。

这时，他突然像有什么新发现，神秘兮兮地说，你见多识广，我想问问你，有没有穷人炒股赚了钱的？

我说，股票可不认穷人富人，穷人炒股照样赚钱。我有一个邻居是农民建筑工，月工资一千来块钱。而他的孩子随他来到城里读书，要缴昂贵的建校费；妻子又没有工作，且患上了慢性肾炎病，天天要服药，生活十分贫困，连温饱都难以维持。前些日，为了改变现状，他向人家借了5000元去炒股。没想到老天有眼，眷顾穷人。他两个月下来就赚了两万多元，还清了孩子的建校费和老婆的药费……

二舅仔细地听着，脸上慢慢地由阴转晴，突然大声打断我的话说，我炒股的钱就是亏给了他。这钱亏得好，亏得值！

我顿时愕然，目瞪口呆，但又不便点破——有些事，懵懂总比清醒好。但是，作为亲戚，我应该尽到自己的责任。于是，我便对他进行风险教育和"技术扶贫"，并一再叮嘱他，假如股票涨了回来，就彻底清仓离场，像他这样的家庭是经不起折腾的。

他却没当回事，悲壮地说，只要是亏给穷人，亏光了血本也无所谓！

二舅走后，我的心还一直悬着，生怕他真的把血本给亏光了。几个月后的一天，我突然收到他乔迁新居的请帖。二舅家里这么穷，为何忽然间就买了新房？我带着满腹狐疑，来到了二舅家。

见了二舅，我急欲解开谜团，他却卖起了关子，说，你猜猜我这房子是怎么来的？

他见我一脸茫然，又自答道，等会儿再告诉你。现在先向你请教一个问题：炒股的究竟是富人多还是穷人多？

我说，大体上是富人占多数。除非例外，穷人哪里有闲钱闲工夫去炒股？

他又问：炒股的富人中有没有贪官？

我不假思索地说，应该有吧。

他不无得意地说，你这就说对了。我这里就有个事例。我们厂的那个厂长，就是个地道的贪官，平日里贪赃枉法，把好端端的一个工厂搞垮了。前些时候工厂转制，他又与人合谋，搞暗箱操作，使国有资产大量流失，而他却从中大捞了一把。现在，他仅别墅就有两座，存款就不知有多少位数了。听他儿子跟人家说，前不久，得知股市火爆，这个贪官也去炒股，几个月间就亏了几百万。我和他几乎同时入市。我现在可以告诉你了，我买房子的钱就是通过炒股，从他那里赚来的！

我简直不敢相信自己的耳朵，说，你上次不是险些把血本都亏光了？我还以为你从此退出股市了呢！

他更加得意地说，贪官的钱不赚白不赚，赚了也白赚。我用炒股赚的钱买了房子，留下 3 万块本钱，还要大赚特赚，不把贪官赚得倾家荡产决不罢休！

显然，二舅又患上了钻牛角尖的毛病。我想向他指出，贪官的智商并不比别人低，但发觉他正在兴头上，就把到了嘴边的话咽了回去。

喜宴开始，我高举酒杯，祝贺二舅乔迁，同时祝他在"炒股反腐"的道路上勇往直前，再创佳绩。

女人的战争

○曼　林

我没有同性的朋友，除了小洁。

我知道女性朋友私底下称我为"蛇蝎美人"，就算一开始有人想和我成为好朋友，最后也都自然而然地敬而远之。我最要好的朋友是小洁，她算是我唯一不间断的同性友人。七年来，她和我共同分享了生活中的喜怒哀乐。

多年前，曾有一位算命大师对我说过，情关将是我这一生最难度过的一关。为什么我会没有女性朋友呢？因为我总不自觉地抢了别人的男朋友。小洁说那是我没有安全感的缘故。小洁谈了七次恋爱，其中五次的分手是因为男朋友被我抢去了。

小洁对我说："很多人问我，为什么要和一个会抢你男朋友的女人做好朋友呢？其实，是我的就是我的，不是我的，强留也留不住。或许我该感谢你的，有办法被你勾引去的男人，这种男人我才不要！"

我不知道小洁说的是不是真心话，或许她心里也会有一丝丝的忌妒，可是她真的表现得毫不在意。有时候，我还真希望她对我大发一顿脾气。我曾有三次为爱轻生的念头，每一次都是在最紧急的时刻，小洁及时出现救了我。或许我轻生的念头不够坚决，总在做最后的挣扎时向小洁求救。

这一次，我又走进了爱情的死胡同。

这个男人对我说："你的爱带给我太沉重的负担，我快喘不过气了，或许我们并不适合在一起。我想分开一阵子，彼此冷静地思考。"

我不能够接受这种没来由的分手，于是大闹。男人受不了，这才坦白说："我认识了一个女孩，她比你温柔，不会给我压力；她比你体贴，处处为我着想；她也不要求我一定要怎样。我觉得她才是我这辈子努力追寻的人。"

我颤抖着问："她漂亮吗？"

男人回答我说："除了外表外，其余每一点，都强过你十倍百倍。"

我崩溃了，彻彻底底地崩溃了！一向都在爱情里寻找自信的我，没有想到会败得这么惨。

我打电话向小洁求救，那时我已经吞了三十颗安眠药。我对小洁诉说着男人的不是，一边不断地往嘴里送药。

小洁问我："小恩，你又吞药了吗？"

我歇斯底里地狂笑起来："对，我想死。"

小洁着急地说："你别意气用事，你等着，我马上到。"

我等了很久，以为小洁会和以往一样马上就赶来救我，可是我已经开始晕眩，意识逐渐模糊并且开始呕吐，而小洁的手机却再也打不通了。我使出最后一丝力气，拿起电话向警察局求救。很凑巧地，救护车到的时候，小洁也赶到了。

小洁紧紧抓住我的手，说："你一定要撑住！要不要我打电话叫那个男人来？"我摇摇头。

在救护车上，我气若游丝地问："小洁，我不甘心，我想知道那个女人是谁？"可能是我的声音太小了，小洁贴近我，问："你说什么？"

我用尽力气说："我想知道那个女人是谁？"

小洁用镇定、冰冷的声音说："小恩，睁开你的眼睛。"

我用力睁开双眼，瞧见小洁脸上浮现出一抹诡异的笑。

"那个女人就是我。"

不惑之年

○ 崔　立

徐大海不明白，已到不惑之年的自己，怎么偏偏就被刘婷婷喜欢上了呢。

要知道，刘婷婷还是个二十五六岁的女孩子呢。虽然说，徐大海的老婆前几年因车祸过世了，至今孑然一人。

其实，对于刘婷婷，徐大海说不喜欢是假的。那么一个如花似玉、漂亮至极的女孩子，是个男人都会喜欢的。

可徐大海还是免不了有些担心。徐大海有钱，有数不尽的钱。曾经有过无数的女人，为了徐大海的钱而不顾一切，但最终都被徐大海一一识破了。他要的女人，不能是因为喜欢他的钱，而是真心喜欢他的人。

还好，徐大海有他的爱情三步测试。当年，无数个追求过他的女人，都是栽在他这三步测试之上。过了这三步测试，这个女人才真正算是过关了。

那一天，是第一步。

在一个十字路口，刘婷婷站在那里等红绿灯过的位置，一位老人拄着拐杖也要过马路。周围都是无动于衷的人。很自然地，刘婷婷向那位老人伸出了援手，并且很是细心地将他搀扶到了对面。在那位老人连声的感谢中，微笑地离去。

徐大海站在不远处，悄然观望着这一切。

接下来是第二步。

徐大海主动打电话给刘婷婷。当然，徐大海的声音是很有些沉重的。徐大海告诉刘婷婷，他生意做亏了，以前他所拥有的一切，都已经成为过眼烟云。然后，徐大海就听到电话被挂断的声音。听着嘟嘟嘟的忙音，其实徐大海还是觉得有些惋惜的，对这个女孩子，他还是有些喜欢的。

当一个多小时后，刘婷婷拿着一个大袋子，满头大汗地出现在徐大海面前时，是颇有些让人意外的。刘婷婷气喘吁吁地说，大海，我这儿还有一点钱，先给你。大袋子打开，滚落在地的是不下十几捆的百元大钞。看这样子，该是刚刚从银行取出来的。徐大海很认真地看了刘婷婷一眼，虽然内心深处无比激动，但徐大海还是极力掩饰着。他不想这么快就把刘婷婷给接受了。

一个月后，是第三步。

徐大海很郑重地把刘婷婷叫了过去。徐大海满是歉意的表情，对刘婷婷说，婷婷，对不起，我考虑再三，觉得我们还是不合适。刘婷婷的眼中慢慢凝满了泪，说，大海，为什么不呢？我喜欢你，这就足够了。徐大海还是摇头，并且递给刘婷婷一张支票。徐大海说，婷婷，这是三百万，就作为我对你的补偿吧，希望……希望你能把我忘了！刘婷婷并没有接过支票，只是眼泪汪汪地拉住徐大海的手，怎么都不愿松开，还说，大海，我不要你的钱，我爱的是你这个人啊。

这时候的徐大海，还能说什么呢。徐大海想都没想，就走上前，紧紧地把刘婷婷拥在了怀里。

一步。两步。三步。刘婷婷都几乎是以满分的成绩通过了测试。

半年后，徐大海和刘婷婷很顺利地结了婚。婚后，徐大海因为忙碌，也无心打理家里的事儿。慢慢地，就把家里的一些钱物，都扔给了刘婷婷去打理。

当有一天，徐大海从外地出差回来，看着家里楼上楼下，被翻得一片

　　狼藉，再去找刘婷婷时，却喊了半天都没声音。拨刘婷婷的手机时，也是关机。隐隐地，徐大海预感到了不妙，忙打电话报了警。

　　通过警方一系列地深入调查，并没找到刘婷婷本人，不过还是找来了一个以前和刘婷婷共事过的男人。

　　徐大海问那个男人，你和刘婷婷很熟吗？

　　男人点点头，说，是，以前我们一起在一家爱情策划公司上班。

　　爱情策划公司？徐大海愣了愣，又问，那你们具体是做什么的呢？

　　男人说，就是帮助客户调查他们所想调查的女人或是男人，譬如调查女人是看重男人的钱还是男人的人？对了，那个非常有名的爱情三步测试，就是刘婷婷给策划出来的。

　　徐大海蒙了。

阿 Q 酒家

○徐慧芬

一位友人途经我们这座城市抽空来看我，叙谈了一个时辰，已到了用饭时间。我带他蹓到附近的一条老字号街上。这条街店铺林立，车水马龙，热闹得颇有点及得上那幅《清明上河图》了。

我熟门熟路，来到那家"吃文化"门口。那是两年前开的一家餐馆。因店名起得别致，我去吃过一次。友人是位文化人，文化人吃文化，该是名正言顺的。可是到了店门口，我却诧异了。门楣上"吃文化"几个字不见了，代之以"阿Q酒家"的招牌。愣了会儿，才醒悟，"吃文化"已被"阿Q"吃掉了。

"阿Q酒家"？甚有趣！我和友人相视一笑。进了店门，才知里面天地更奇。服务员都是男性，一律中式蓝布短衫，腰间勒根布绳，一顶玄色帽后沿荡着一根穗子，活像阿Q的辫子，迎面墙上悬着一张告示，上书：我们奉行的哲学是吃亏就是便宜，吃亏就是福气。因此，即使我们蚀了本，也要把各位服侍得心情舒畅，顾客满意了，我们就赚了，精神上赚了，便是最大的赢利，最大的胜利……

我和友人浏览了一遍，乐不可支，少顷，即有伙计奉上菜单。友人午宴吃多了荤，坚持要吃素，要尝尝江南蔬菜，我只好从命。

吃毕，叫上伙计结账。报出价：九十九元九角九分。奇了，我有些发呆。就是毛豆芋芳、蘑菇笋丝，怎么要这么多钱呢？友人在场，我不好意思说贵，只好问，怎么尽是九啊？伙计说，素菜都是九元一客，茶是九元一壶，酒是九元一盅，您要了六个菜、两份茶酒，再加九角纸巾九分牙签，正好呀，为什么定价都是九呢？九最大呀，如今人人都想做大呀，讨个吉利呀！伙计伶牙俐齿。我想了片刻，不无揶揄道：我看九像"阿Q"的"Q"字吧？嘻嘻嘻，伙计笑着收了钱走了。

路上，友人感叹道：蔬菜这么贵啊，看样子我们被"阿Q"耍了！我安慰友人，不算贵不算贵，咖啡店里一坐两杯清咖啡也要几十块钱呢！好歹这儿也挺有趣呢！

送走友人，回到家里，我的心才放肆地疼起来。几道蔬菜，花掉工资的十分之一，一盘毛豆要卖九元，"阿Q"把别人都当成大户赵太爷了！我捧着一本书，只觉得"999"几个字在眼前晃来晃去，半天也没看进去。闭眼闷坐了会儿，倦意上来了。

正要睡觉，叮咚！叮咚！有人撤门铃。开了门，是邻居女主人告急，问有没有止泻药，说是中午去阿福大酒楼为先生办生日酒，吃了回来，先生就泻，睡了一下午未见好，现在又泻了。"花了上千元钱，吃了没几个菜，我没吃饱，他倒拉了肚子，倒霉透了！"女主人愤愤然。我笑了起来，告诉女主人今天我也被斩了。邻居走后，我的倦意不知不觉跑了，心情也好了起来。想想"阿Q酒家"还是不错的，毕竟我没有拉肚子。

把母爱还给你

○高 军

七十多岁的退休教师李遵林家突然变得比平时热闹了一些，这引起了一个热心人的关注。本来嘛，李老师教了一辈子学，桃李满天下，时常会有学生来探望他，这也是很正常的。但最近来人增加了一些，就勾起了这人的好奇心。

他就问周围的人："怎么回事？这到底是怎么回事？"

人家都摇头："不知道，咱不知道。"

他心里越是纳闷，就越是不舍弃。这天，他忍不住拦住一个刚从李老师家出来的人："你们都来找李老师，是不是有什么事儿啊？"

来人露出心满意足的神情："当然有事儿，有些我们个人的私事。"

"什么个人私事，怎么看你就像得到了宝贝似的高兴呢？"他继续刨根问底地探询着。

那人笑眯眯地说："确实得到宝贝啦！李老师给我们保存的宝贝，是无价之宝啊。"

他心里更加痒痒了："到底是什么宝贝啊？"

被问的人用手捂捂挎包，认真答道："母爱，老母亲对我们的爱啊。"

他还是不明白，但那人已经走远了。

这个人就带着好奇心走进了李老师家："李老师，最近家里好像有些热闹啊？"

李老师赶忙站起身来，礼貌地迎接他。李老师这人，高高的个子，头发大部分变成白的了，脸上的皱纹很多，态度非常和蔼："以前教过的学生，过来坐坐罢了。"

这人赶紧问道："都说是来找你找宝贝哟。"

"真都这么说？"李老师笑道。

他赶忙点头："真都这么说。"

"我哪来的宝贝啊！"李老师流露出欣慰的神情，"不过，他们这样看，倒也是准确的。尽管不是什么金银财宝，但确实是很宝贵的啊。"

"噢，这话怎么讲？"这人更忍不住了，又赶紧追问道，"怎么还说母爱什么的？"

"这事说来话就长了。"李老师眼睛眯了起来，好似陷入了沉思，过了一会儿，才接着缓缓地说道，"在这么多年的教学中，经常有一些学生来找我倾诉他们的苦恼，抱怨他们的母亲整天唠叨起来没完没了。我告诉他们，母亲对他们唠叨，是爱他们的表现。有一些学生听后，就不再说这事了。可是还有一些学生，竟然继续找我理论。他们把母亲对他们反复嘱咐的话偷偷用录音机录下来，拿到学校来放给我听，让我认可母亲的反复叮咛是唠叨。我和他们一起听录音，然后给他们分析母亲的话语中饱含的爱。可是，我往往说服不了有青春期逆反心理的他们。过后，他们常常是连录音带都放在我这里就不要了，怎么劝也不捎走。我觉得，母亲的话语是值得好好保存的。于是就把这些录音带给拿起来，放那里了。前一段时间，有一个学生来时，说起自己的母亲去世了，惋惜再也听不到母亲的唠叨了。我突然想起来保存了这么多年的磁带，就把他当年为母亲录的音找出来，还给了他。这事让他一传播，也引起了其他学生的关注，所以就逐渐有人来找我想找回自己的录音带。"

"哎呀，李老师你真是个有心人！"这人一边赞叹，一边不解地问，"这么多学生，可你怎么就能弄得这么清楚？"

李老师笑笑，走到书橱前面，弯下腰，轻轻拉开橱门，用双手慢慢地从里面捧出一个做工精致的柳条箱子来，小心地放到矮方桌上，然后从腰带上解下钥匙，打开锁。敞开箱子，只见里面是大半箱子录音带。

他凑上前来，拿起一盘录音带看看，再拿起一盘录音带看看，只见每盘录音带上都详细地记录着学生的姓名、年龄、住址、班级等，这些内容各有各的不同，但是，每盘上却都有一行醒目的文字，那是完全相同的："母亲深深的爱"。

看到这里，他非常感动，连连说："确实是宝贝，这确实是宝贝。"

李老师也感慨道："是啊，随着时间的推移，他们中大部分人的母亲去世了，这些录音带就显得更加珍贵了，怨不得他们当做宝贝啊。"

李老师又轻轻地把柳条箱锁起来，放回到书橱里，感慨道："我希望有生之年能把这些录音带都还给学生们，但就怕难以做到，时间长的已过去几十年，短的也十几年了，上面记录的学生的住址已发生了很大的变化，他们分布在天南海北的，仅凭传传口信恐怕不行。"

这个人被深深地感动了："李老师，你想得可真周到！"

"这些都是母亲的殷殷话语，都是一颗颗母亲的心啊，我必须还给他们，我一定全部还给他们。"

李老师的话声音很轻。但是，在这个人听来却感到沉甸甸的。他的心中热热的，眼睛也有湿湿的感觉了……

沉重的心

○魏永贵

母亲那两天忙得要飞起来，连着两天往山外的县城图书馆跑。

儿子大明说，妈你都退休了，跟书打了一辈子交道，怎么还没黑没白地跑图书馆，我看你这几天白头发明显多了。

母亲笑了。母亲在整理带到图书馆的午餐。大明看见寡言的母亲右手大拇指什么时候缠上了胶布。大明说，你看你，是不是翻书翻报翻破了指头？你眼睛本来也不好，再说，明天我就要走了，你也不在家陪我多说说话。母亲说：晓美不是今天要回来吗，妈上图书馆正好给你们腾出时间，傻孩子！

晓美是大明的媳妇，在县城上班，说好今天回来。

大明是个出息的儿子，在新一届换届选举中，从一个镇党委书记，出人意料地当选为一县之长，再过几天，就要到省城学习几天，然后正式走马上任。这几天，他谢绝了许多的宴请和应酬，安排好工作后，从县城悄悄回乡下看望母亲。

父亲死得早，在老家山里当小学教师的母亲一手把儿子拉扯大了。大明参加了工作，在县城有了房子，几次要接母亲到城里去住，母亲总是笑着拒绝了。母亲说：我不走，我走了，后山上的你父亲谁来陪？那一年山洪爆发，当村长的父亲被山洪卷走了，后来就埋在了后山上。

这两天，母亲早晨做好了饭，给儿子留一份午饭，自己带一份，然后去赶镇上的客车，顺着山路，到县城图书馆去。每天傍晚，抱回来一大摞资料，晚上关在自己的屋子里，哗哗啦啦弄到半夜。

母亲又准备出门了。母亲说你中午自己热饭，你就凑合着吃吧，大县长以后想吃妈做的饭更难了。大明笑着说：妈做的饭是世界上最好的美味。大明又嘱咐道：妈，你路上小心一些，早点回来，晚上我和晓美还要吃你做的饭呢。

下午，晓美就从县城回来了。晓美说，你妈呢？大明说：她到县城图书馆去了。大明又补充说：我妈这两天连着去县里图书馆了。晓美说：去图书馆？真有意思，你从城里回来看她，她却撇下你往城里跑，不是老糊涂了吧。大明也说，我也觉得奇怪。

傍晚，大明和晓美做好了饭菜。可是，怎么也等不到母亲。昨天这个时间，母亲早回来了。大明就和晓美到村头那条路上等。天完全黑下来了，通往镇上的那条路静静的。大明焦急地一根接一根抽烟。过了许久，远处月光下的路上终于出现一个人影。大明高兴地喊了一声：妈！转眼，又失望了——那个身影不是母亲，走路一斜一斜的。

忽然，远处的那个影子回话了：你们是大明和晓美吧——

是母亲！大明赶紧跑了上去，搀扶着一瘸一拐的母亲。这才发现，母亲满手都是汗。大明说：妈，你的腿？母亲笑着说，没啥。下图书馆台阶的时候摔了一跤，妈老了，不中用了。母亲哈哈笑了。

回到家，大明和晓美赶紧为母亲烧了一盆热水。大明这才看见，母亲的脚踝肿得老高。吃罢晚饭，大明早早把母亲送到房里，想让她早点休息，等他和晓美睡下的时候，还听见母亲卧室里窸窸窣窣响到半夜。

第二天，县里的车来接。大明和晓美跟母亲告别。母亲歪着身子从卧室里抱出一个东西，看着大明的眼睛，认真地说：大明，妈昨晚上给你缝了一个枕头，你就带着用吧。大明迟疑了一下，说：行，谢谢妈的礼物。

抱着枕头的大明就上了车，就跟倚着门框的母亲挥了挥手。

回到县城的家里，晓美说，你妈真有意思，这年月，哪有自己缝枕头的。一边就去布袋里拿枕头。忽然就嗷了一声。枕头落在了地上。

大明说，怎么了？晓美愣着眼睛：你自己看。丈夫就捡起了枕头，这才看见，上面有红线缝的几个大大的字：如履薄冰。

晓美说，你妈到底是教书的，这时候也不忘记卖弄，什么意思嘛！

大明掂了掂枕头，皱起了眉，一边去解枕头外套一侧的布纽扣。枕头的内芯露出来了。除了两面的那层棉絮，夹在中间的，是一摞厚厚的钉在一起的复印资料。大明疑惑地把资料取了出来，随手翻阅，愣了。

无疑，这是母亲去图书馆翻阅报纸、书籍然后一篇篇挑出来复印的。

一行行醒目的标题直入眼底——《触目惊心的权钱交易》《贪欲把他送上不归路》《一个死刑犯的临终告白》……

你妈真是老糊涂了！看什么看，还不一把火烧了！

晓美边说边抓过去那摞复印材料。

正在发愣的大明被惊醒了，突然大吼了一声：放下！

大明平时是很少发火的。晓美就停了手，低声说：有这样当妈的吗，儿子要上任了，却给儿子送这样不吉利的枕头。

大明摩挲着那一摞沉甸甸的资料，抬头看着窗外遥远的那座山，许久才说：这是枕头吗？

出租假日

○韩昌盛

"你有过梦幻童年吗？放风筝，挖蚯蚓，钓鱼，这一切你还想拥有吗？赶快拿起电话，拨打我们的热线，就会立刻实现你的愿望。请记住，不是风景区不是农家游，立足于中国第一的缘梦公司保证你亲自挑选农家小院，拥有最真实的蓝天白云田野树林。你可以做些什么？哦，太可笑了，你的地盘你做主，用手压井压水，用草锅做饭，看'黄发垂髫，怡然自乐'，你会发现最古老的桃源风情，最时尚的生活方式已经为你拥有。"

揉了揉发涩的眼睛，我又继续敲起键盘：还在犹豫吗？去商场购物疲惫了心情，把目光交给电视网络耗费了精神，到旅游区人满为患自然是失望而返。那就和我联系，赶快行动，与农村儿童零距离接触，真情碰碰碰，触摸纯真质朴，聆听至善至美的儿童心语。你会发现，你依然幸福，依然快乐。

我又加了一个标题：二十一世纪最让人心动的休闲方式。当然我又置顶了一行滚动的字：200元！你的一个指甲剪的价格，完成一次时尚的心动之旅。

妻子说，能行吗？我把烟点上。烟雾开始飘散，我自信地笑笑，市场前景无限。

真的，我的手机已经被打爆了，一上午接到七十三个电话，每个人平均通话三分钟。我赶紧又公布了一个电话。我说老婆得加紧啊，得挑他们，不能什么人都来。

五天后，在一千个报名者中我认真挑选了三十个白领。他们开着三十辆奔驰、宝马、帕萨特来到了村庄，我带着他们先浏览了风景，包括一条小河，长满芦苇的池塘和周围都是白杨的农家院落。他们很满意，然后焦急地问住进谁家。我说得看你们的缘分了。

从村东头开始，每一个院落都是空的，推开门，有一个或两个孩子正在做作业。白领们很快就认下了各自的院子，和孩子们交谈起来。

我适时地把"寻梦合同"拿出来，嘱咐白领们柴草、日常生活用品酌情给予补偿，给结对子的孩子买学习用品属于自愿行为，如果儿童对你的表现不满意，应该无条件退出院落。白领们很不以为然地和我签了合同，没事，小孩容易摆平。

很快，平日寂静的村庄热闹起来，烟囱里飘出袅袅炊烟，厨房里响起了噼里啪啦的声音。来自南京的 CEO 郑小姐拿着菜刀正在切土豆，来自徐州的财务总监李先生手忙脚乱地往灶里填火。一句话，白领们忙得不亦乐乎！

下午，郑小姐和明明去钓鱼，李先生和京京放风筝。我提醒他们合同上写着要帮助孩子完成作业，郑小姐摆摆手示意我走开，明天上午，我和明明定了计划。明明点点头，郑阿姨还要教我外语呢。

第二天上午，村长和我转了一圈，所到之处，白领们都在辅导孩子们功课。一个做物流的彭先生问我，乡下孩子就这点作业？我说是，没有各种各样的兴趣班。他坐在小小的板凳上说，太幸福了。村长也幸福地说，太好了，有人带孩子了。我说三十人太少了，下星期多招点来。村长似信非信，我说我保证。

用不着保证，白领回去后都在网上发了帖子介绍"农家寻梦活动"。郑小姐用了"真实得让人感觉在做梦"来形容，李先生说农村孩子真好，和他们在一起是一种缘。于是，我的电话又被打爆了，一个星期，两千个报名参加活动。

当然，我只选择了一百个，因为我们村只有一百多户人家。根本用不着安排，他们按照第一批人的介绍自己和孩子们见面，马上就住进去了。我拿着合同找他们签时，他们都在院子里或者门前摸摸这摸摸那，仿佛到了仙境。我提醒一定得让孩子们满意，每一个人都生气地把我赶出来，简直是废话，怎么会让孩子不满意？

郑小姐指着明明，我给他买了一个复读机，他正在读外语，能不满意？彭先生说我给小刚带来一个新书包，两本童话。

孩子们，都很高兴。

镇长也很高兴，他说，你能不能把别村也安排进去？年轻人都跑出去打工，把孩子丢在家里，周末放假确实孤单。我说，那费用的事？镇长一瞪眼，谁敢跟你要费用？你做了一件大好事，我还准备把你报为全省"关心下一代先进个人"。我吓了一跳，我还以为镇长会问我要白领们租用假日的费用呢！

县长也很高兴，他说你开创了一项崭新的事业。他说话时，我不停地表示歉意然后接电话，都是报名参加"农家寻梦与儿童碰碰碰"的连锁经销商。大约在第十个电话完毕后，县长很理解地说就这样吧，全县的农户都交给你，任意安排。

市长也是很满意的样子。握手的时候电话又响了，是妻子，她说经销专利已经批下来了，我们可以放心经营。我说你赶快去云南，你三妹去吉林争取打开西南东北的市场。没办法，网络时代信息太快了，现在报名总数已经达到九百多万。在中原地区每一个村庄里，都有来自大城市的白领和"农村儿童真情碰碰碰"。市长很真诚地表示理解，你们的事业无限宽广。

七表弟又打来电话，说生意忙不过来，报名人数太多。我说要快，一定要快，把白领全部安排进村，和孩子结好对。要快，我大声喊着。

因为我听说在城市打工的民工夫妇知道这件事，危机感挺重，都派了妻子回家准备带着孩子上学。所以我得快，我上网发了个帖子，最后四个周末，价格400元。

瓷

○高　军

何斌走进来的时候是下午课外活动时间，西斜的太阳把光线柔柔地投射进来，他恰恰站在这抹光线里，青春的脸色好似透亮一样，有一种瓷器的细腻感。

张老师停下叮叮当当的刻瓷工作，抬起头来。何斌的眼睛里有一股亮亮的光，挑战似的望着张老师。张老师没有与他对接目光，低下头，拿起工具又敲凿起来，叮叮当当的，富有韵律感。何斌的眼睛里出现了一丝黯然，直直的脖子软沓了一下，慢慢走上前来，看到老师在一个磁盘上凿刻出了一幅图画，虽是雏形，但成形的部分中小鸟栩栩如生，花枝葳蕤纷披。何斌的眼光又变得亮亮的了。

张老师发现了他的变化，在心里微微一笑，就继续严肃地认真雕刻着，他感到了何斌热热的眼光在他的手和盘子之间来回踅摸，还不时地盯着他的脸看一会儿。

何斌是班里的一个大男孩，身体发育早，身高马大的，有时就欺负其他同学。很多老师头疼，越管他他就越是逆反，越是与你挑战。张老师刚刚接手这个班，就有一个叫王刚的同学找他反映，何斌抓着他要把他的脸按到马桶里去，有几次差一点儿就把他按进去了，还一边按着一边说："你看多干净，按上也没有什么问题。"把王刚吓得嗷嗷叫，他就获得一种满足感。

张老师了解了一下，何斌并没有真把王刚按进马桶过，但最近几天只要在厕所碰到一起，他总是去抓王刚的后衣领。王刚说要报告老师，他就哈哈大笑："报告去报告去。"张老师知道，何斌就是想引起别人的注意来，你不理他，他失去兴趣也就没事了。但是，王刚会常常产生不安全感，所以张老师就想把这个问题早解决掉。

这次并不是张老师把何斌叫来办公室的，而是何斌感到自己的所作所为老师没管，他感到很失落，就主动晃荡进了张老师的办公室，用挑战的眼神想引来老师的过问批评，然后得到一种满足感。哪里想到，自己都主动走进来了，老师也没有理他，他的斗志慢慢消失了，兴趣反而被何老师的刻瓷技艺深深吸引了过去。

何斌不自觉地把手伸进了自己的裤兜，犹豫了一下，慢慢掏出了一块瓷片，认真看了起来。那是一块上世纪50年代景德镇产的手工绘制的瓷碗的碎片，并不是什么高档瓷器。他从一些地方看到，收集瓷片也是可以的，就到处里找寻，竟也让他找到了一些，在班里他自己就感到比别人高贵了一些。

他犹豫了半天，开口道："张老师，你刻得这么好也。"

"是吗？"张老师顺嘴说道，"业余爱好而已，你看着好？"

何斌鸡啄米一样地点头，但神色中不恭的成分还是有的："是的是的。"

张老师这时才突然发现似的指着他手中的瓷器残片说："你也喜欢瓷器？哦，这有些年头了，快60年的东西了，尽管不是高档瓷器碎片，现在也难以找到了，说明你下了一番工夫哦。喜欢，并不是非得特别珍贵，那样的话，就成为物的奴隶了。特别是在经济不太宽裕的情况下，更没有必要。人，永远应该是物的主人而绝对不能是物的奴隶。"

看到老师严肃庄重的神色，何斌这时对张老师更加刮目相看了，脸上那种不恭神情已经荡然无存了。

张老师又低下头去敲击小錾子了。

何斌一直看着张老师，见张老师又不理他了，心里更加失落起来，但他在一边无声地磨蹭了半天，又往前凑了一步，恭敬地说道："老师……"

张老师这次迅速抬起头来，看着他。何斌感到老师的眼睛里满是鼓励的样子，眼光好似有了暖暖的温度一样，就终于鼓起勇气，指指桌子上那盘子和老师手中的凿刻工具："我想跟老师学这个……"

"好啊，"张老师这时热情起来了，"不过……怎么说呢，刻瓷是一门艺术，古人有功夫在诗外的说法，真要学，需要下一番工夫，里面包含着刻瓷者的学识、修养等，你能做到吗？"

"学识、修养？"何斌小声地重复着，头低了下去。

张老师看到差不多了，脸上露出欣慰的笑容，站起来轻轻拍拍他的肩头。何斌的头慢慢抬起来，看着张老师的脸色，张老师说："先学着，有这种意识，慢慢就会好的，来，你过来试试。"

何斌满眼感激，脸上因兴奋呈现出瓷器一般的细腻光滑感，很是高兴。老师把他拉到桌前，让他坐下，手把手地教起来。

此后，何斌就像变了一个人一样，上课认真听讲，作业完成认真，课外活动就在一只盘子前敲凿，有时去找张老师请教一下。

一天，张老师正在办公室里端详自己刻好的那只盘子，王刚来向张老师汇报说，何斌再也没有往马桶里按过他，并且神秘而又兴奋地说："他现在每天在厕所里刷两次马桶，清晨一次，晚上睡觉前一次……"

张老师抬头狠狠地瞪了他一眼，看王刚的兴奋畅快神情慢慢消失了，才说："回去好好学习！"就又低眉看自己的刻盘了。

蝴蝶兰

○魏永贵

中午放学的时候，班主任给大家布置了一个任务。

班主任说：同学们，我刚刚接到学校通知，下午教育局领导到我们学校检查。为了美化学校环境，给领导一个好的印象，学校决定下午每个学生从家里搬一盆花到学校，放学的时候再搬回去。

班主任加重语气，用鼓励的眼神看着大家：希望同学们把家里最美的花搬来，为班级争光，大家说，好不好？

好！同学们呱唧呱唧拍巴掌。

王盈回家后把搬花的事跟奶奶说了。王盈的爸爸妈妈是厂子的工人，中午不回家吃饭。

奶奶说搬吧，你力气小，别搬大盆的。

王盈就搬了爸爸卧室的那盆。

王盈和同学们把花搬到了教室，于是满教室红红艳艳的。班主任让大家把自己的班级和名字写在纸条上，再把纸条贴在花盆的盆底上。最后，和其他班级的花一起摆在了学校的台阶和走廊上，还有几盆花挑出来摆在了学校会议室的圆桌上。

下午，王盈和同学们在校门口的风中等了一节课的时候，几辆车开进了校门。王盈和同学们用刚刚擦鼻涕的手使劲拍巴掌。呱唧呱唧的声音在风中很响。

领导被校长领着在学校转了一圈，就走进了会议室。坐下来的时候，领导看着面前的花，眼睛一亮，说：好漂亮的蝴蝶兰。

领导后来去吃饭的时候，校长让校务主任悄悄把花搬进了领导的车后箱。

晚上放学大家领回了自己的花。王盈的花却没有了。

班主任对大家说：同学们，我告诉大家一个好消息，猜一猜我们班谁的花最美丽？是王盈同学的。王盈同学的花作为我们学校的礼物送给了领导，这是我们班级的光荣。

班主任带头鼓掌，同学们也跟着呱唧呱唧拍。同学们把羡慕的眼光投向了王盈。

晚上，王盈在饭桌上高兴地对爸爸妈妈说：老师今天表扬了我，因为我的花最美丽。

爸爸说什么花？王盈就说爸爸卧室的花呀，我搬到了学校被学校当做了礼物呢。

爸爸一听扔下饭碗去了卧室，回来就拍了桌子。王盈躲进了房里。

妈妈说不就是一盆破花么，看你把孩子吓的。

爸爸说你知道个屁，那是有名的蝴蝶兰，我养了三个月，说好送给厂长的。厂里这几天要研究下岗。我都和厂长说过我有一盆蝴蝶兰。

晚上，挂着泪花儿的王盈搂着奶奶说：奶奶，为什么领导都喜欢花呢？

奶奶说：傻孩子，领导家别的东西都不缺呗。

王盈在奶奶怀里就一遍一遍说：蝴蝶兰，快回来，蝴蝶兰，快回来……

第二天放学的时候，班主任正在布置作业，一个人搬了一盆花站在了教室门口。班主任走到了教室外，一会儿搬进来了那盆花。王盈看见，那是自己家的那盆蝴蝶兰。

班主任说：同学们，上级领导说收学生的礼物不好，就让司机送回来了。

晚上吃饭的时候，王盈突然把蝴蝶兰搬到了爸爸眼前，板着脸的爸爸终于笑了。爸爸没吃完饭就匆匆走了，走的时候搬走了那盆蝴蝶兰。

晚上，王盈搂着奶奶说：真有意思，我说蝴蝶兰快回来，真的就回来了。

奶奶说，现在你希望蝴蝶兰回来吗？

王盈想了想就摇摇头。

王盈在奶奶怀里就一遍一遍说：蝴蝶兰，别回来。蝴蝶兰，别回来……

老张老李

○徐慧芬

　　俩人长得很像。差不多的年纪，差不多的身材，一样的白头发，一样戴副玳瑁眼镜。

　　在同一幢楼，同一个门号，楼上楼下生活，偶尔遇到了，朝对方望一下，露个笑脸点点头，不知对方姓张姓李。直到两年后，俩人退了休在小区花园里晨练时，楼下的老张才知道楼上的老头姓李，楼上的老李才知道楼下的老头姓张。

　　俩人在花园里练同一种拳。一天，老李不小心，脚扭了一下，伤了筋，拳打不下去了。老张扶着老李往家走，进了大门，老张让老李先在自己家里歇一会儿，老张说，我会一点儿推拿，给你弄一弄，看能不能好一点儿。

　　老李坐在沙发上，老张给老李脱了袜子在脚上抹了点红花油，就用手来回拿捏，揉搓，弄了好一会儿让老李站起来走走。老李站起来一走，嘿，果然利索了，不太疼了。老李不痛了，开始环顾老张家四壁，见墙上悬着一张水墨画，问是谁画的，老张说自己眼睛不好，不能看书、看电视就学着瞎画，画着玩，解解闷。老李看了一下，饶有兴致地说了一点笔墨、章法等行话。老张诧异老李竟是行家，老李说我是教书匠，吃这碗饭的呀！老张一把拉住老李：太好了，我可找到老师了！

　　往后，俩人晨练完，老张有时就要把老李拉进屋，沏上好茶，让老李指点自己画，老李也不客气，指指点点有时还动动笔。老张很虔诚，直把个头凑到桌面上。

老张感到自己的眼睛太不行了，就去医院割了白内障。手术做好，眼睛好使多了。有一天晚上看电视，发现有个白发老头被众人上上下下围着，再细瞅，那不是楼上的老李吗！再看下去，老张身上出汗了，怪自己真是瞎子，相处了好一段时间，竟不知这老李就是美术界无人不知的李大画家！

第二天，老张见到老李，改称了"李老"后，再检讨自己的糊涂。老李愣了一下笑着说，都是邻居，还称老李吧。老张连说不妥当不妥当。此后，老张见着老李总称李老。老李也就笑纳。

老张了解了老李的身份后，也明白了老李这样的名人时间是宝贵的，以后见着老李时，也就不好意思再拉老李到屋指导了。

有一次，老李出差回来在楼道里见到老张，老李问老张最近画得怎么样，说有空上来玩玩。老张很是激动，回到屋里，挑挑拣拣找出一些自认为拿得出手的画作，到了晚上估计李家也吃过了晚饭，就找上门去。

老张进屋时，老李正与几个客人在画室里，老李就让老张先在客厅里坐一会儿。老张就在客厅里等，等了好一会儿也不见老李出来，老张想告辞又觉不妥，就一直等下去。等了两个时辰也不见老李的客人走，老张只好与老李的夫人打了个招呼回家了。

老张想，到底是名人架子大，自己是自讨没趣，以后可要识相点儿。老张还想，自己也是出身书香，退休前好歹也有点级别的，只不过没说罢了。老张不知道，老李见老张突然上门而且一直等着不走也有想法。老李想，过去不知底细也算了，现在已经知道我身份了，上门来也该先预约才是。

这件事后，老张和老李去小花园晨练的时间有意无意错开了。偶尔见面也仅是打个招呼而已，谁也没再提画画的事，再过了年把工夫，老李搬走了。

好多年后，俩人再相遇的时候，是被关在同一间病房里，他们患了同一种病，他们喊着对方的床号，愉快地交谈着，仿佛他乡遇故知。

桥的故事

○林如求

虾米伯并非天生驼背，而是年轻时让担子压的。不过这都是旧话了。虾米伯晚年值得一提的是他与村尾桥的故事。

虾米伯的房屋建在村尾，离他屋角不远就有一道板桥，村里人都叫村尾桥。其实说是板桥，不过是用4根3米长的杉木两面用斧子劈平了再用鸡血藤绑成的。板桥栉风沐雨，已经老态龙钟，人挑担子经过便发出嘎吱嘎吱的怪声，棕色的烂木屑便不时纷纷扬扬直往潭里撒落。

"这桥板该换了。"一日，虾米伯眯着眼望着桥板下碧波荡漾的水潭，幽幽地说。

虾米伯没儿没女，五年前虾米婶蹬腿归西后一直吃"五保"，眼睛一年比一年花，近来腿脚也觉有些不便了，不能远行，便整日围着板桥转，越转便越有些坐不住了。

"不行，会出人命的。"他拄一根烟篙拐杖，颤颤地来到村长家，未进门就喊："阿焕弟，那桥板该换了，危险呀……"

村长见虾米伯大驾光临，蓦地一惊，一听此话顿时如释重负："我当是什么天塌地陷了不得的事哩！这事我早盘算好了，再过一个月，村头的富贵伯就从海外回来了，说要在县里投资建厂。这修桥铺路在他还不是打个喷嚏——小事一桩？这种积阴德的好事，老辈人最乐意干的了。让他修道钢筋水泥桥如何？"村长胸有成竹。

"要是桥经不起一个月呢？要是一个月后富贵伯有事回不来呢？要是……"虾米伯倔起来比谁都认真，老人嘛，想得要比年轻人细。

"不会的，不会的。"村长摇手不迭，"再说现在去哪里找那么长的杉木？"村长说着便起身，他还有许多事。

"不能全换，起码先换掉腐得最厉害的两根。"虾米伯仍不肯收兵。

"你老尽管安安心吧！"村长按住虾米伯的肩膀，半推着送他出门。

虾米伯气哼哼地回到村尾桥，眯眼左相右相，在这头用脚跺几下桥板，又在那头用烟篙拐杖戳几下烂木，心头像灌了铅一样沉重。"不行，这事我得管管。"老人有时认真起来拦也拦不住。他进屋拎了一张凳子，坐在桥头上当起了交通警察。

"嗳，绕到潭尾石跳上过，这桥板不安全，会断的。"虾米伯用拐杖顿得桥板"咚咚"响，打老远提醒一对嘻嘻哈哈要过桥的靓男倩女。

"桥会断？真会断？那太好了！我们正想到潭里洗个凉水澡哩！"男的装腔作势，说着俏皮话，女的挤眉弄眼，爆发一阵浪笑，推开老人的拐杖，手挽手过了桥。

"唉，危险，桥会断的！"虾米伯喃喃着，又坐到凳子上。

一位妇女汗涔涔地挑着一担莽草远远走来了。虾米伯人老眼花，竟认不出那是谁家的媳妇，便起身扬起拐杖，指着潭尾，扯着沙哑的嗓子喊："嗳，依妹，从潭尾石跳上过，这桥不安全！"

"早上还走得好好的，怎么转眼工夫就不安全了？"妇女走近了，用袖口揩一把脸上的汗，张眼瞧瞧桥板两端，不耐烦起来，"你快把凳子搬开吧，我还得赶回去煮猪食呢！"

"危险，桥会断的！不就是多走几步路吗，有什么要紧？"虾米伯固执地不肯让步。

"'多走几步路有什么要紧？'我肩上的莽草你来挑挑看！"妇女一脚踹开凳子，伸脚在桥板上跺一跺，随后颤悠悠过了桥。

"太危险了，桥板肯定会断的。"虾米伯嘴里念念叨叨，又回到凳子上。

"快呀——快呀——你们追不上我啰！"一群小猴头放学了，你追我赶地一溜烟跑过来。

"站住，站住！从潭尾石跳上过，这桥不安全，会断的！"虾米伯横起拐杖，站在桥头朝远处呐喊。

小猴头们转眼已到桥头，忙紧急刹车，一个个手搭凉棚，做孙悟空睁火眼金睛状。

虾米伯将拐杖"咚咚"地顿了几下桥板。

那个领头的小猴头忽然打了个唿哨，好家伙，其他小猴头一个个即刻像泥鳅样，"嗷嗷"叫着，鱼贯钻过虾米伯的拦网。到了桥中心，那领头的小猴头还往上蹦了两下，嘴里喊着："噢噢，桥断啰！桥断啰！"喽啰们也跟着你呼我应闹糟糟过了桥。

虾米伯瞠目结舌，望了好久好久，那提到喉咙口的心还没复位。

"这桥肯定会断的，不断，我敢打赌！"虾米伯自言自语，重新坐到桥头上。

桥下的流水昼夜不停地哗哗流着，虾米伯天天坐在桥头劝阻人们不要走这道危险的桥，可就是没人听他的。桥也作怪，像憋足了劲似的，至今不断。村里人都说："虾米伯老糊涂了，怎么没事找事呢！"

"真是出鬼了，桥板怎么会不断呢？"虾米伯也开始怀疑起自己的判断力来。

这天中午，虾米伯拄着拐杖，颤悠悠地走到桥中心，低头端详了一阵，抬脚跺了一下桥板，只听"咔嚓"一声，虾米伯便和桥板一起跌落潭中。

这天，正是富贵伯从海外归来的日子，所以全村没一个不记得这事。

说 病

〇乔 迁

　　老张早上起来感觉有些头痛鼻塞的，老伴便立刻催促老张去医院。老张说："八成是感冒了，没事。"老伴不依，老伴说："小病不看积大病，趁轻赶紧去看。"老张架不住老伴的唠叨，说："好，好，我去不就行了嘛。"老张起身要走时，老伴又叮嘱老张说："到医院要看专家门诊的。"老张翻翻眼睛说："多大个病啊，还看专家，用得着吗？"老伴眼一瞪说："什么话？怎么用不着？隔壁的老王是怎么卧床不起的？还不就是舍不得钱找专家看，结果没看出病根来，耽误了治疗，才闹得如此后果吗！"老张听得后脊梁发麻，忙不住点头说："好，好，我就看专家门诊的行了吧！"

　　老张来到医院，挂了专家门诊。专家门诊室里人很多，老张看每个被专家诊完病情，拿着专家开的厚厚一沓药单出来的人都十分高兴，乐呵呵去交钱抓药，从他们脸上的笑容就能看出来，专家的诊断就是给患者先吃下了一颗放心药丸。老张坐到了专家面前。专家跟老张年岁相仿，亲切和蔼地问老张："感觉怎么样？"老张说："头痛鼻塞，好像是感冒了。"专家兀地就笑了，望着老张说："怎么是好像呢，你这症状就是感冒了。"专家一语定音，让老张心里托了底。老张轻松地说："是感冒就好了，我回去吃点感冒药就行了吧？"专家不笑了，目光紧紧地盯着老张，盯得老张心里都突突了才说道："怎么是感冒就好了呢？要知道感冒可以引发几十种疾病的，而且有的是可以使人丧命的。何况，感冒还分好多种，有病毒性感冒，有流行性感冒……每种感冒所要用的药也是不同的，你现在连自己得的是什么症状的感冒都不知道，怎么回去吃点药就行了呢？一定要对症下药的，乱吃药治不好病不说，还会耽误病情，使病情严重，后果不堪设想啊！"

老张就冒汗了，心虚胆颤地忙对专家说道："没想到没想到，快给我看看是什么感冒，好对症下药。"专家笑笑，拿出听诊器说："我听听你的肺部有没有炎症，感冒是最容易引起肺部感染的。"专家听了听，一笑说："还好，没有炎症，你这是感冒初期，只要把病情控制好，药跟住了，是不会发展的。"老张的心咚地落在了肚子里，老张说："我这是什么感冒啊？"专家边开药边说："流行性感冒。我把药给你开了，你回家吃就行了，记住，千万不要不把感冒当回事，大病全因小病起，把小病治好了，才能预防大病。"老张听得不住点头，心说，到底是专家呀，说得这叫明白。

老张拿着专家开的药单去划价抓药，药价划完，老张一看，近一千块钱，老张心里就颤了。心颤是心颤，可不能不吃药啊，专家已经说得够明白了，不能因小惹大呀！老张掏干了所有的兜也没凑够药钱，正想回家去取，突然想起自己的战友老李在医院后勤处，就决定去找老李借点儿，省着还得跑回家去。老张来到后勤处，找到老李，向老李借钱。老张没说自己钱没带够的，怕老李笑话，老张说自己换衣服钱忘装了的。老李看看老张说："瞧你这样，也就是感冒了吧，吃点感冒药得了，看什么医生啊！"

老张说："我也是这么说的，可老伴不让，非得让来医院。"

老李说："也对，看看心里托底。走，我领你找个专家瞧瞧。"老张忙说："我已经看了，药都开了。"老张把专家开的药单拿出来。老李看都没看说："不用看，都是些没用的药。"老李就领着老张又来到专家门诊，老李把老张径直领到了刚才给老张看病的专家面前，打过招呼，老李对专家说："这我战友，好像感冒了，看看用吃药不？"

专家显然已不记得老张了，也难怪，这一天专家要看多少病人啊，哪能都记住。专家就又拿起听诊器给老张听了听，看了看老张的嗓子，问了老张几句感觉，末了，专家摇了一下头肯定地说道："没事，没事，回去喝两碗热姜汤就好了。"老张就愣住了，老张说："真的没事？不能发展成别的病吧？"专家笑着说："不能，一个小感冒，没多大事的，放心吧！"老张说："真的吗？那刚才你怎么说会引发几十种病的呢？"专家一愣，细看看老张，认出老张刚才来看过，专家的脸就微红着说道："我刚才跟你说的，都是理论上的……"

一根毛竹

○邹当荣

如果生长在别的地方，这根毛竹根本不会引起人们的注意。因为它实在太普通了，也是嘴尖尖的，皮厚厚的，腹内空空的，风雨来临的时候，它也和别的毛竹一样，只知道点头哈腰。但是它生长在举世闻名的风景游览区，人们就不得不对它刮目相看了。

确切地说，这个风景游览区里有一片竹林。这根毛竹，只是其中的一根而已。偏偏它生长的地理位置很好，排在竹林的最前面，游人进入竹林，最先看到的，无疑是这根毛竹了。

啊！多么幽静的竹林！

啊！多么漂亮的毛竹！

一个游客走上前来，发出如此感慨，然后掏出小刀，在这根毛竹上龙飞凤舞地刻下了一行小字："某某到此一游！"风景名胜是不朽的，刻在毛竹上的姓名，应该也是风雨磨灭不了的吧，他想。

啊！多么幽静的竹林！

啊！多么漂亮的毛竹！

又一个游客走上前来，发出如此感慨。同时发现了上一个游客刻下的小字。他也掏出小刀，在这根毛竹上刻下了："某某到此一游！"不过他用的是正楷字。假如我的亲朋好友到了这里，知道我来过，那是一件多么有趣的事啊！他想。

啊！多么幽静的竹林！

啊！多么漂亮的毛竹！

又一个游客走上前来，发出如此感慨。同时也发现了这根毛竹上的字。他也掏出小刀，颇有创意地刻下了："某某省某某县某某乡某某村某某到此一游！"天下同名同姓的多，他不想写出来别人不认识。假如我的亲朋好友来到这里，就一定不会弄错了，他想。

……

这根毛竹的身上刻满了姓名，但这并不影响游客们继续刻字留名。因为毛竹是一天天长高的，只要毛竹还在继续成长，就一定有空白的地方。

忽然有一天，一个戴红袖章的老人走来，说是厕所堵塞了，想找根又柔又韧的东西捅一捅……

于是，这根毛竹就被戴红袖章的老人砍走了。

永远的微笑

○袁　浩

　　星期一早自习，班上一个叫张晓娟的女生哭得像个泪人。接着有学生就报告我说，老师，张晓娟昨天刚从家里带的 20 元生活费被谁给偷跑了。对于一个拥有几十个不同性格和特点学生的班级来说，发生这样的事一般还是常有的。干了这么多年的班主任工作，经验告诉我该怎样做。

　　我首先在班级里展开了一番大张旗鼓的宣传发动工作。我说，同学们，大家都是来自农村，父母亲挣钱给我们上学是不容易的。张晓娟同学的这 20 元钱如果真是我们班哪个同学无意中拿了，那就请一定要归还给人家！我给这位同学三天时间，如果到时还不归还的话，那我一定要一查到底弄个水落石出不可。到时还要上报学校通知家长。

　　紧接着，我还在班里佯装仔细而深入地开展了一番调查取证工作。因为以前带班遇到类似事件，我也都是这样雷声大雨点小去做的，结果最终那些拿了别人钱的学生都又偷偷地把钱放回了原处。

　　可三天时间转眼就到了，听张晓娟同学说还没有人将钱还她。这下可把我给急坏了。怎么办？真要仔细追查下去，就是查出哪个学生拿了钱也不可能通知家长更不要说上报学校了，毕竟都是些还没有长大的孩子。思来想去，我终于想出了一个不是办法的办法。

　　星期四，我偷偷起了个大早。我趁班上学生都还在寝室熟睡之际，从自己身上拿了 20 块钱往教室走去。走到教室门口，我竟发现我们班的门没有锁，而且隐约还发现有个人影晃动。我走上前问，谁？四目相对，我惊呆了，李飞龙同学也吓了一跳。我们俩一个老师一个学生，每人手上都拿着20元钱。什么都不用说，一切都明白了。还好，幸亏来时我就有了思想准备。我走到李飞龙的跟前勉强露出一丝微笑说，这钱，拿给张晓娟。说完，我转身就离开了教室。

上午上课，班上就传出张晓娟丢钱又找到了的消息。我长出了一口气，又长叹了一口气。我真不敢相信平日里那么忠厚老实的学生竟去偷别人的钱。为此，我还翻了李飞龙的学籍档案，才发现他竟还是一个没有母亲的孩子。平日里因为李飞龙成绩平平我就失去了对他应有的注意。现在竟然发生了这样的事情，我十分地气愤。气归气毕竟他还只是个一丁点大的孩子，更何况还是一个单亲家庭的孩子，我决定原谅他。这件事只应成为我们两人之间的秘密。

在以后的课堂上我常常提问李飞龙同学，而且每次上课我都要用微笑的目光注视着他。好像是哪本教育书刊上说的，老师面带微笑的目光恰似一缕阳光，它能温暖学生内心的角角落落。

三年时光转瞬就过去了。毕业那年，李飞龙以优异的成绩考上了县城一中。以后每年我都能收到他寄给我的新年贺卡。我为他的念念不忘师恩高兴，更为他能改过自新而欣喜。

有一天，我收到李飞龙写给我的一封信。他在信上说，老师，我永远都不会忘记您，就像永远忘记不了您那甜美的微笑一样。您还记得那年班上一位同学丢失20元钱的事吗？我看迟迟没有人把钱还给那个同学，便将自己的生活费悄悄拿给她，可恰恰就在那个早晨，我看见老师您手上也拿着20元钱。那时那地，老师您虽然什么话都没说，但您那灿烂如花的微笑就是对我最大的褒奖。在以后的学习过程中，您的微笑对我是莫大的鼓励和鞭策，我的成绩也终有了起色。作为一个已经毕业的学生，您的那束甜美的微笑我会珍藏今生的。老师，您还要答应我一个小小的请求，在今后的教学生涯中您一定还要把您那遍布阳光的微笑送给班上每一个学生，好吗？

　　看完信，我惊呆了。

将神秘进行到底

○杨海林

真的，我记不起来什么时候加过"一笑而逝"了。

她一直安安静静地待在我 QQ 里，有时候在好友名单的前面，有时在好友名单的后面，有时，也在中间。

这些都说明不了什么，最多表明她在线的状态，和我们聊天的程度无关。

每天看她孤零零地站在我的好友群里不说一句话，心里，就有点怜香惜玉的意思。

不是哥们儿不够意思，实在是我的网友太多。有时，自己说过的话都差不多忘了，或者张冠李戴，闹出了很多笑话。

但是我还是想和她说说话。

我说，你好呀，美眉。

她没理我，那时，她正在玩一种叫"掼蛋"的扑克游戏。

就在我下决心删掉她时，她说话了。

她说，你这个昧良心的，你还记得我呀？

我吓了一跳。我小心地在聊天记录里找有关她的蛛丝马迹，没有，真的没有。

心里有了底，说话就有了豪气。

我就捂着嘴偷笑着说，妹妹呀你放心，哥哥我做了什么心里有数——

我会负责的呀。

她调皮地说，你还笑得出来，你真的忘了？我们在一起喝过茶呀。

我们这里的网友，如果聊到想见面的程度了，就说我请你喝茶呀。我就跟好几个网友喝过茶。但当我把喝茶的经历当做一种资本向我的同事炫耀的时候，我才知道我是多么的无知和纯洁——敢情人家在茶馆的包厢里不仅喝茶，还顺带干点别的。

嘿嘿，你就别假充纯洁了，你知道我说的是什么意思。

但我除了喝茶真的什么也没干过，对一笑而逝的话我半信半疑。我就说，都半夜了，我又没做亏心事，你别吓唬我呀。

没真没假地聊了几回，我真的想"喝茶"了。

我约她，不是在 QQ 里，我打她的手机。

她说，干吗呀，这样不是很好嘛。

我说，我想看看你。

她说，没必要，其实，我天天都能看见你。你走路总是低着头，骑一辆没有挡链板的破自行车。

我晕，这太不公平了。

没事没事，我早想好了要补偿你的——我在新亚商城的存包处给你留了礼物，你记住了，那个柜子的号是 F—03，你找到这个柜子，只要摁135246，柜门就可以打开了。

找到 F—03 的柜子，摁密码。

她给了我一只电动剃须刀。

还有一张她的相片，很好看的一个女孩子，相片的反面写着一行字：将神秘进行到底。

我用同样的手法，得到一个柜子和一串开柜子的密码。

我放进去我刚收到的一本样刊。

我发短消息给她，我说，你来吧，我也给你礼物了。

她说，我看得见你，你出来了，我就进去取。

在半路上，我收到她的短消息：是杂志吗？我收到了，谢谢啊。

天热的时候，中午下班我就懒得出去吃饭，她就发消息给我：E—12，135246，有好东西给你，快去吧。

我去了，竟能得到一碗快餐或是两只鸡翅什么的。

嘿嘿，有意思吧？

像我这样的网络高手，如果想网住个把美眉，那还不是小菜一碟？

但这个一笑而逝真的成了我聊天史上失败的典范。半年来，就像一条狡猾的鱼，无论我下什么样的饵，她就是不咬钩。

唉，全身而退吧。

我给她写了一封信，我说，其实我们都是无聊透顶的人，我和你聊天的目的，无非是想多一个向别人炫耀的资本。而你，是否想利用你的这种神秘满足某种想象中的温暖？

我把这封信放在新亚商城的寄存处，然后给她发消息。

走到半路，我又折身回到新亚商城。

在寄存处旁边的电梯上，我一下子惊呆了：在那个柜子前输密码的竟是一个挂着双拐的姑娘。

她自己在这个商城门口办了个报刊亭，有时，我会去那里找一些没收到的样刊。

一年前，我跟一个外地的编辑通电话，我说了我的QQ号。

那时她就坐在我旁边的一个凳子上，她的脸有轻微的烧伤，但是她笑着，像花儿一样灿烂。